Fabrice DAVID

Plus rien ne s'oppose à ma mort

Les Éditions FEED BACK
45, avenue Jean Moulin - 75014 Paris
Email : contact@feedback-editions.fr
Site web : www.feedback-editions.fr

ISBN : 978-2-492359-01-9

Du même Auteur :

"Prends ça entre les poteaux"
Editions de l'Opportun - 2019

"Au pays des barbares"
Editions Plon - 2018

"L'homme Gris"
Editions Black-Out - 2015

"La mort aux crampons"
Editions La Main Multiple - 2010

Prologue

Quand la voiture blanche l'a bloquée contre le mur, elle a voulu hurler. Aucun son n'est sorti de sa bouche, même pas un souffle. Cette nuit-là, elle a immédiatement compris que plus rien ne sera comme avant. Elle a pensé à ses amis du lycée avec lesquels elle avait dansé toute la nuit. Eux se réveilleront insouciants, demain. Pas elle. Sa mère lui avait dit plusieurs fois de ne pas rentrer, la nuit, par cette rue sombre. De prendre le boulevard même s'il fallait marcher dix minutes de plus. Elle a oublié. Parce qu'à seize ans, on n'écoute pas sa maman. Dans un réflexe de survie psychique, son cerveau a disjoncté. Sidérée. Paralysée par la peur. Elle ne s'est pas défendue. Elle n'a pas réagi. Elle n'a pas crié.

Dans un état second au cœur de cette nuit chaude d'août, il a poussé de force l'adolescente sur la banquette arrière. Devant ce corps désarticulé aux cheveux blonds tombant en cascade sur une robe déchirée, il n'a pas pu contrôler ses pulsions. Jamais, il ne se serait cru capable du pire. Pendant quelques secondes, il a tenté de se convaincre que ce monstre, ce n'était pas lui. Mais il avait perdu toute lucidité, trop excité par cette chair ferme d'adolescente. Euphorique, il aurait pu continuer des heures, le pantalon baissé sur les cuisses.

Ce sont eux, qui, quelques heures plus tôt cette nuit-là, ont fait de lui un monstre. Il ne s'est pas méfié.

Un dernier coup sec entre ses jambes. Les yeux noyés de larmes, déchirée de l'intérieur, elle s'est évanouie pendant qu'il grognait de plaisir.

Chapitre 1

– Je vous déclare unis par les liens…

Jacky Deviller hésite, une demi-seconde à peine.

– Du mariage...

Trop émus, les deux hommes ne s'en sont même pas rendu compte. Deviller sourit, dévoile ses fausses dents trop blanches, tend ses mains vers la salle pour réclamer des applaudissements. Ses gestes sont sûrs. Il en a tellement célébré des mariages.

« Des mariages, oui, mais normaux... » pense-t-il en masquant une légère grimace alors que les deux hommes s'embrassent sur la bouche. « Dans dix minutes je suis dans mon bureau… »

Il se ressaisit rapidement. Face à lui, les invités sont surtout des électeurs. Alors il joue son rôle préféré. Celui du maire apprécié de ses administrés, bateleur, charmeur. Il a fait rire plusieurs fois l'assistance, tout à l'heure, par quelques digressions au discours protocolaire trop convenu dans ce genre de cérémonie. Avant de faire croire que ce mariage est le plus beau qu'il ait jamais célébré. Il se sent si à l'aise dans ce tourbillon. Nœuds papillons, jupes courtes qui boudinent, parfums bon marché, sourires, tapes dans le dos. Les hommes qui forcent leur voix pour faire entendre ce qu'ils croient être un bon mot qui laissera une trace en ce jour mémorable et les femmes qui s'observent du coin de l'œil avec un sourire forcé en espérant que leur maquillage n'ait pas coulé dans cette chaleur suffocante. Ce mois d'août de canicule est intenable. Un type au front rouge luisant de transpiration porte quatre doigts à sa bouche d'où sort un sifflement strident. Les invités s'embrassent. Théâtral, comme s'il avait tout donné, Jacky Deviller descend de l'estrade.

– Merci, Monsieur le maire !

Il fixe la femme du regard, sûr de lui.

– C'était une belle cérémonie, madame. Votre fils à l'air très épanoui !

Bronzé, les cheveux teints en noir corbeau qui lui tombent dans le cou, la soixantaine conquérante, il aime en faire trop. Il se souvient que cette femme au visage banal en tailleur jaune est la mère d'un des deux mariés. Il imagine que cela a dû lui faire un choc quand elle a appris que son fils était ... Il chasse ses pensées, pas le moment. Pressé d'en finir avec la troisième cérémonie de ce samedi d'août. Et il a fallu que cette journée interminable s'achève par un mariage homosexuel !

Les ventilateurs chassent péniblement la chaleur moite. Les invités n'attendaient qu'une chose, bouger enfin. Une goutte de transpiration perle au front de Deviller. Il répond aux félicitations d'un léger geste de la main qui signifie que ces effusions gênent sa modestie naturelle. Alors qu'il en redemande. Il se dirige vers le fond de la grande salle municipale. Encore quelques secondes avant cet instant qu'il a attendu impatiemment. La porte… Enfin ! Deviller l'ouvre avec autorité, la referme aussitôt. Son sourire disparaît. Il traverse le hall, monte le grand escalier, se dirige vers son bureau. Il sent sous ses pieds l'épaisse moquette. Derrière la grande fenêtre, le soleil inonde la ville, brûlant au milieu d'un ciel sans nuage. Son visage se crispe d'un coup. Il n'est plus obligé de paraître. Du plat de la main, il essuie à nouveau son front humide, ôte son écharpe tricolore, défait sa cravate. Il s'affale dans son grand fauteuil en soufflant. La porte avec le petit bureau d'à côté est ouverte.

– Un mariage homo, maintenant. Manquait plus que ça … Jeanne, vous veillez à ce qu'ils évacuent la salle rapidement. Vous m'avez retrouvé les documents comptables que je vous ai demandés ?

Jeanne entre dans le bureau du maire. Les manches de son chemisier remontent sur ses avant-bras. Le visage ridé, surmonté d'un chignon d'un autre âge, la fidèle secrétaire s'approche et tend à Deviller une chemise cartonnée jaune.

– Ils sont là. J'ai tout imprimé comme vous me l'aviez demandé.

Au moment où elle s'éclipse discrètement, Deviller l'interpelle. Il sait qu'avec sa grosse voix et son accent rocailleux du sud, il l'effraie. Avant de la rassurer aussitôt car il n'a que des compliments à lui faire.

– Au fait, Jeanne, merci d'avoir accepté de venir un samedi. Sans vous, je ne sais pas comment je ferai... Vous pouvez y aller...

Jeanne rougit légèrement. Trente-huit ans au service de la ville de Romorantin. Bénévole, d'abord, puis adjointe à tous les services possibles : petite enfance, logement, jeunesse, culture... Et enfin, secrétaire personnelle du premier édile, dans les années 90. Elle a connu cinq maires depuis. Le dernier, Deviller, qui lui sourit, ravi de l'avoir mise mal à l'aise avec ses compliments toujours exagérés... Jeanne s'est un peu fanée, avec le temps. Fausse rousse mais sans ostentation, un peu voutée, des mollets maigrelets au bout d'une jupe stricte. Mais un dévouement total et jamais de mouvement d'humeur. Deviller se souvient qu'il avait dû user de tous ses charmes pour la convaincre de l'accompagner pendant son premier mandat, alors qu'elle avait largement atteint l'âge de la retraite.

– Vous n'êtes pas faite pour l'inactivité, ma petite Jeanne. Vous voulez vous morfondre toute la journée dans la maison vide que Raymond a quittée trop tôt ?

Il l'avait prise par l'épaule, puis ils avaient marché, lentement, dans les jardins de la mairie. C'était le lendemain de son élection, il y a presque cinq ans. Un parachutage réussi dans cette ville de Romorantin dont il ignorait même l'existence quelques mois plus tôt, en quittant précipitamment Aix. Officiellement pour raisons personnelles. Personne, ou presque, n'était au courant de l'histoire. De la grosse connerie. Les ténors du parti lui avaient trouvé un point de chute. Les élections municipales, quelques mois plus tard devaient être une formalité. Elles l'ont été. Il avait promis qu'il ne ferait pas de grand ménage, poursuivrait les réformes et travaux engagés, n'augmenterait pas les impôts. Et il a surtout convaincu Jeanne de rester à ses côtés. C'était l'unique conseil de l'ancien maire, une figure de la droite conservatrice qui siégeait sur la même rangée que lui à l'Assemblée Nationale.

– Jeanne, vous ne les aimez pas, tous ces gens que vous connaissez tous par leur prénom, ces enfants que vous avez vu naître et qui sont maintenant mariés, parents eux-mêmes ?

– Si bien sûr, monsieur le maire.

Il n'avait plus qu'à porter le coup fatal. Il savait que la dévouée Jeanne n'y résisterait pas.

– Alors si vous les aimez, Jeanne, vous devez continuer à les servir avec votre talent, votre énergie, votre gentillesse.

Deviller chasse ses souvenirs et ouvre le dossier jaune. Il n'a pas réglé tous les détails qui traînent depuis Aix. Ceux dans le dossier jaune.

– Bonne fin de journée et bon dimanche, monsieur le maire.

Deviller lève la tête. Jeanne, sac à main en bandoulière, s'apprête à fermer la porte de communication entre son bureau et celui du maire.

– Filez, Jeanne et profitez !, dit Deviller, sans même lever les yeux de son dossier.

Jeanne laisse échapper un petit rire forcé.

– Vous savez, il n'y a personne qui m'attend, alors…

Deviller pose ses documents, fronce les sourcils exagérément.

– Votre fils est parti en vacances ?

Deviller la regarde fixement, comme s'il attendait une réponse alors qu'il s'en fout totalement. Jeanne, la main toujours sur la poignée de porte, semble touchée que son patron prenne de ses nouvelles.

– Non, il est à Romo mais il travaille. Il a trente et un ans, maintenant ! Il ne vient plus voir sa vieille mère...

Deviller lève exagérément les bras en émettant un sifflement.

– Pff. Le temps passe trop vite ma bonne Jeanne. Il s'appelle comment, déjà ?

Jeanne rougit à nouveau.

– Luc...

Deviller ne montre aucun signe d'impatience. Le temps passé avec Jeanne n'est jamais perdu. Elle est sa plus fidèle collaboratrice et ferait le trajet entre Romorantin et Aix sur les genoux s'il le lui demandait. Alors il peut bien sacrifier cinq minutes pour faire mine de s'intéresser à elle.

– Et il fait quoi, dans la vie, Luc ?

Jeanne ménage son effet. Elle sait que Deviller a oublié et qu'il lui fera son numéro.

– Chauffeur de bus municipal...

Deviller porte ses mains à son front et prend un air désolé.

– Mais oui, où ai-je la tête ! Il travaille pour moi, en plus ! C'est le soleil, ça tape trop fort !

Le maire de Romorantin se lève péniblement de son fauteuil, s'approche de Jeanne, toujours adossée à la porte de communication entre leurs bureaux. Dehors, par la fenêtre ouverte, il entend les éclats de voix des invités du mariage qui prennent quelques photos sur le perron. Deviller se penche et embrasse Jeanne sur le front. Dans son regard, il devine, comme à chaque fois, qu'elle est sous le charme.

Elle lui est totalement dévouée et gère certains de ses dossiers personnels. Ceux qu'il a dû ouvrir après avoir fui Aix-en-Provence.

– Allez-vous reposer Jeanne. Et seule, pas de bêtises !

Deviller force un rire gras mais contrôlé. Il sait qu'il émoustille sa secrétaire.

– Monsieur le maire, ce n'est pas mon genre, vous le savez bien…

Le maire de Romorantin sourit pour la forme. Il salue Jeanne d'un petit geste de la main avant de passer à autre chose. A ses relevés de compte dans le dossier jaune. Il n'avait pas ce genre de soucis, à l'époque. Quand il était député-maire d'Aix et menait la grande vie. Il sortait, arrosait son réseau et se faisait payer ses services, beaucoup de services, sur des comptes protégés. Aujourd'hui, sur ces comptes, il ne reste plus grand chose. La veille de sa démission de la mairie de la deuxième ville des Bouches du Rhône, il y a plus de cinq ans, il s'était présenté devant ses administrés le visage fatigué. En regrettant de ne plus pouvoir mener à bien sa mission, il a évité le scandale. Certains ont cru à une maladie. D'autres à un divorce. Pour le divorce, c'était de toute façon devenu inéluctable après ce qu'il avait fait. Personne n'a vraiment su. Mais le virus de la politique était trop fort. Cette petite ville en plein milieu de la France était l'endroit idéal pour rebondir, renaître même et assouvir ses ambitions politiques. Et surtout oublier. Quitte à s'exposer à nouveau et qu'un jour, l'histoire ressurgisse. La grosse connerie, comme il disait. Mais il était confiant. Et à ce jour, rien. Affaire étouffée.

– Putain, les impôts locaux, encore…

Deviller, seul désormais dans la mairie, jure à voix haute. Pris à la gorge, il tape du poing sur son vaste bureau. La maison, quartier de la Torse, où la bourgeoisie aixoise a élu domicile ? Pas finie de payer. Le chalet dans les Alpes du Sud, à deux heures de route de Marseille ? Il a dû interrompre les travaux d'agrandissement.

Et ce virement mensuel qui l'énerve à chaque fois qu'il y pense. Evidemment, rien ne l'y oblige. Mais...

– Ce virement, c'est ce qui me reste d'humanité.

Deviller a trouvé cette formule, un jour. Elle le fait légèrement sourire. Mais un sourire crispé. Il relit, un par un, stylo en main, ses relevés de comptes qu'il a fait imprimer par Jeanne. Il les rature, les annote. Besoin de se rassurer avec du papier, un stylo, de la matière. Pas le virtuel de l'informatique. Mais il a beau tracer des flèches entre différentes lignes, griffonner avec son écriture en patte de mouche, il est agacé. Il s'essuie à nouveau le front. Malgré les fenêtres du grand bureau ouvertes, les rideaux en partie tirés, il fait très chaud. Mais Deviller est presque soulagé qu'il subsiste, au fond de lui, un peu de conscience morale, même si ces comptes lui provoquent des nœuds au crâne.

– Vous passerez, tout à l'heure, boire le verre de l'amitié ?

Deviller glisse le dossier jaune dans un tiroir de son bureau et referme à clé. Il se souvient de l'insistance des parents de l'un des mariés, tout à l'heure, juste avant qu'il ne quitte la cérémonie et rejoigne son bureau. Il n'a aucune envie de se rendre à ce petit cocktail en fin de journée. D'ailleurs, il ne se souvient même plus de l'adresse. La sympathie et donc les votes de cette famille lui sont acquis, il le sait. Pas besoin d'effort supplémentaire. D'autant qu'il est soucieux. Alors que commence à peine ce mois d'août caniculaire. Il s'en veut d'appréhender la venue de Lisa, sa fille, pour deux semaines de vacances. Il sait bien qu'elle s'emmerde ici. Et elle lui en veut, certainement, de les avoir « quittées », elle et sa mère, pour s'enterrer en plein milieu de la France. Mais il n'avait pas le choix. Elles n'ont pas voulu le suivre immédiatement. Lisa avait onze ans, entrait au collège. Elles verraient plus tard. Elles ne sont jamais venues. Deviller ferme les yeux quelques secondes en se penchant en arrière sur son fauteuil. En priant, une nouvelle fois, pour que Lisa, devenue adolescente, n'apprenne jamais pourquoi il a dû fuir la Provence.

Chapitre 2

Elle ouvre doucement ses yeux rougis. Son visage se découpe dans la glace fendillée de la salle de bain. Même si elle n'a pas allumé l'ampoule nue qui pendouille au plafond, elle distingue ses traits mous. Et les cernes. La semiobscurité l'apaise après une nuit peuplée de mauvais rêves. Elle tâte, sous ses doigts aux ongles rongés, son corps qu'elle n'aime plus. Comme tous les matins depuis ce qu'il s'est passé, il y a cinq déjà.

– Ce qu'il s'est passé...

Louise parle, toute seule. Et respire, doucement. Malgré le volet fermé, elle entend les rares bruits de la rue. A 4h29, l'Intercités Toulouse-Paris l'a réveillée. La voie ferrée est située à deux cents mètres derrière le Foyer de Jeunes Travailleurs. Cela fait comme un bruit sourd. Ou plutôt comme un souffle. Puis elle s'est rendormie. Une heure. Peut-être un peu plus. Le soleil s'est levé. Vigilance canicule depuis trois jours. Louise ferme les yeux. Sa main tremble en caressant son crâne, ses cheveux ras. Elle frôle la zone sensible où les ciseaux ont entamé sa peau, la première fois qu'elle s'est rasée... C'était au petit matin, après cette nuit ou tout a basculé. Pour effacer les derniers signes d'une adolescence brutalement brisée. Elle avait de beaux cheveux blonds. Mais c'était avant.

– Avant toi qui m'a...

Louise desserre à peine les lèvres.

– Violée...

Son visage, vide de toute expression, se crispe. Le carrelage de la minuscule salle de bains est presque chaud, déjà. Un rai de lumière transperce le volet. Le soleil doit certainement brûler, dehors, malgré l'heure matinale. Devant sa glace, Louise ferme les yeux quelques secondes. Mais elle n'aurait pas dû. Parce que, comme à chaque fois qu'elle ferme les yeux, les souvenirs reviennent la hanter. Et elle n'en peut plus de lutter contre. Alors elle les laisse faire.

– Louise, soleil de Provence, tu viens en boîte ?

Les dernières paroles, les derniers moments de sa vie heureuse. Elle a seize ans, des beaux cheveux blonds et ne sait même pas que des hommes peuvent briser une enfant. Adolescente, elle fascine les garçons de son âge et même les hommes mûrs du Vice-Versa, la boîte techno gay friendly où toutes les jolies filles du département font la fête.

– Louise, notre princesse d'Aix, pourquoi tu ne couches pas ?

Un peu androgyne. Beauté provocante, cheveux de feu, yeux verts. Reine d'Aix-en-Provence, sa ville natale. Seize ans de bonheur, comme n'importe quel enfant. Puis cette nuit d'août en sortant de boîte, sans passer par le boulevard, pourtant éclairé. La scène est floue. Toujours floue. Une grosse voiture blanche lui fonce dessus, dans cette ruelle obscure. Elle a à peine le temps de se retourner. Ils la coincent, l'agrippent, la jettent sur la banquette arrière. Ils sont deux, mais il n'y en a qu'un qui la viole. Dix minutes ou plus d'enfer. Elle ne sait plus. Puis ils la jettent sur le trottoir. Elle entend la voiture s'éloigner. Elle ne sent plus son corps, le sang qui coule sur ses jambes, son visage tuméfié… Après la sidération, l'incompréhension, le traumatisme, elle a se rend compte qu'elle n'est pas morte mais c'est comme si. Au bout de cette nuit-là, pantin désarticulé, elle rejoint la maison familiale plongée dans le silence. Elle monte les escaliers en pleurant, accrochée à la rampe tant ses jambes tremblent. Ses parents dorment. Elle se dit qu'elle leur racontera tout à leur réveil. Elle se dit qu'ils penseront avoir mis au monde une petite pute qui se fait violer par le premier venu. Elle se dit qu'ils ne comprendront pas. Et qu'ils auront raison parce que c'est elle la coupable. C'est ça. C'est de sa faute si elle été violée. Dans sa petite salle de bain coquette, elle n'allume pas la lumière. Elle tâte, fébrilement, sur la petite étagère au-dessus de la baignoire. Des ciseaux. Elle lutte puis cède face à une pulsion d'automutilation. Elle coupe, n'importe comment, à l'aveugle. Puis ramasse, avec pelle et balayette ses cheveux d'or et les jette dans un sac poubelle. Son enterrement de vie de jeune fille à elle. Sa punition de s'être faite violée. Coupable.

Depuis cinq ans, elle se tond tous les trois jours. Sous sa main, son crâne est comme une peau morte.

« Mes poils de doberman », pense Louise en ouvrant les yeux.

Les souvenirs disparaissent. Ils reviendront. Ils sont terrés, là, dans un coin. Ce matin, dans sa petite chambre du Foyer des Jeunes Travailleurs, Louise n'a pas voulu pleurer encore une fois. Alors elle cherche la chaleur du soleil qui pénètre de plus en plus par effraction à travers le volet de la salle de bain. Les bruits montent de la rue. Romorantin s'anime.

Il est ici. Dans cette petite ville du centre de la France. Rasée, bouffie, il ne la reconnaîtra pas. Elle sait ce qu'elle lui dira. Si elle y arrive. Si elle ose. Mais elle doit oser, elle n'a pas fait tout cela pour rien.

– Vous vous souvenez ? Aix-en-Provence, dans la nuit du 15 août 2012 ? Il y a cinq ans. Vous m'avez violée. Vous avez détruit ma vie…

Revoir cet homme. Pour se donner, enfin, le courage de porter plainte. Ou sombrer un peu plus. Parce qu'elle est seule. Parfois elle se dit qu'elle tentera simplement de lui arracher quelques mots, qui peut-être l'apaiseront. Ceux ce qu'elle aurait voulu entendre, cette nuit-là...

– Louise, je t'aime.

Trois mots pour sauver un morceau d'elle-même dans cette horreur qu'elle a subie. Qu'au moins, elle n'ait pas été un objet. Un simple orifice. Qu'il lui rende, cinq ans après, son statut d'humain. Cinq ans qu'elle pense à cette quête désespérée. Ses mains tâtent son corps flasque. Ses pieds chauffent sur le bout de carrelage. Immobile, Louise laisse ses démons la hanter, comme tous les jours ou presque.

Louise ouvre un peu le volet. Il fait déjà très chaud. La lumière du jour inonde la pièce. En dessous, la rue. Soudain, un bruit de cavalcade résonne dans l'escalier, derrière la maigre cloison de la chambre. Un jeune en apprentissage qui file à la boulangerie de la rue des Limousins et deux Africains qui travaillent sur un chantier et descendent les marches d'un pas lourd. Comme tous les matins. Louise enfile son tee-shirt vert, posé sur le rebord du lavabo. Puis son jean trop serré. Odeur du café, sur la table. A côté de la tasse, son bloc-notes, un bic, sa carte mensuelle pour les bus municipaux. Le matin, elle attrape celui de 8h55.

La chambre est calme. La « studette », comme ils disent au Foyer des Jeunes Travailleurs. Un lit simple sous une mansarde, une seule fenêtre, deux plaques chauffantes, une table. Trois chaises. Un petit placard, caché derrière un rideau marron tâché et déchiré. Une douche.

« Correct compte tenu du loyer de 276 euros mensuels », se rassure à chaque fois Louise quand, certains soirs plus sombres que les autres, elle vomit cet endroit, sa solitude, sa vie brisée.

Elle sent le souffle d'air chaud du dehors sur ses bras blancs. Sur la table, le paquet de madeleines est resté ouvert. Elle n'a pas pensé, hier soir, à le refermer. Elles doivent être un peu sèches. Louise en mange une, puis deux, avant de relire ses notes. Toujours le même article, sur la fermeture d'un des deux bureaux de Poste de Romorantin en août. Il doit être prêt pour ce soir. Aujourd'hui, elle devra recueillir les avis des habitants. Elle n'aime pas trop.

Mais cela fait partie du métier, le reportage de terrain. Sauf que les gens qu'elle aborde, que pensent-ils en la voyant ? Une punk ? Une paumée ?

– Bonjour ! Je travaille à la NR. Je peux vous poser quelques questions pour un reportage sur la Poste ? Je n'en ai pas pour longtemps. Merci.

Puis elle leur sourira. Un beau sourire. Au moins, elle ne l'a pas perdu, contrairement au reste de son corps, à son âme, à sa joie de vivre. Et tout le reste.

Louise touche presque le smic pour son stage de fin de première année de fac de journalisme. Juillet-août au quotidien la « Nouvelle-République », agence de Romorantin. Elle ferme sa porte à clef. Descend au rez-de-chaussée en rasant les murs crasseux de la cage d'escalier. Soudain, elle croise Bulent, un Turc. Il habite au dernier étage du Foyer. Il a un sourire en coin. Malsain. Louise sait bien pourquoi.

– Tu vas à travail ? demande faussement Bulent dans un français approximatif.

« Ouais, c'est ça… », pense Louise.

Les mots se bloquent au fond de sa gorge. Elle sent l'odeur de transpiration de Bulent, comme s'il était sur elle, encore. Elle voit ses ongles noirs, son pantalon sale, son mépris.

« Bulent, je te hais… »

Elle sort du Foyer presque en courant. Dehors, le soleil, un grand boulevard, des arbres, des petits immeubles blancs, des pavillons. Romorantin, département de Loir-et-Cher, région Centre-Val de Loire. Jamais elle n'aurait pensé s'échouer ici. Depuis un mois, les rares habitants restés pendant l'été la reconnaissent. Comme une petite famille, pas très nombreuse. La famille des « restés comme des cons tout l'été à Romo »…

Il fait déjà trop chaud. Louise respire un grand coup, traverse le boulevard pour se réfugier à l'ombre, sur le trottoir d'en face. La circulation est un peu plus dense sur la départementale. La D922 qui vient du nord, au cœur de la Sologne et meurt à l'entrée du centre-ville, à quelques centaines de mètres de là.

Louise distingue le clocher de l'Eglise, devine la petite place avec ses commerces, presque tous fermés. Certains, juste pour le mois d'août. D'autres définitivement. Le bourg tranquille se meurt doucement.

Petite brise. Le soleil arrive à percer entre les maisons alignées. En attendant le bus, Louise s'adosse contre un mur. Quelques secondes de répit. Elle sursaute au léger coup de klaxon. Le 8h54 freine et se range devant l'arrêt. Louise monte par l'avant.

– Bonjour mademoiselle !

La voix douce du jeune chauffeur apaise Louise. Il n'est ni beau, ni laid. Transparent. Et pourtant, tous les matins, elle aime ce moment où il lui sourit. Sans la juger, sans la connaître. De la gentillesse, gratuite. Elle esquisse un sourire, incitant le chauffeur à poursuivre la conversation.

– J'ai lu le journal du week-end, il n'y avait pas d'article de vous…

– Demain, lundi ! Je vais le préparer, justement !

Louise se surprend à prendre du plaisir à communiquer avec cet homme. Puis elle s'assoit, comme d'habitude, avant dernière banquette, à gauche. A peine cinq personnes dans le véhicule. Louise calme sa respiration. Elle n'en peut plus de ces flash-backs réguliers, comme tout à l'heure, devant la glace de sa salle de bain. Elle n'en peut plus de ces images en noir et blanc qui lui cognent dans la tête et lui font mal. Pour penser à autre chose, elle regarde, par la vitre, la cité-dortoir alanguie. Romorantin, déjà écrasée de chaleur. Elle pense à cette longue et morne journée qui n'en finira pas. Une de plus. Pour ses interviews, elle interrogera les passants à l'extérieur du centre commercial, un peu à l'écart du centre-ville.

Dans le grand rétroviseur rectangulaire à l'avant du bus, elle a cru que le chauffeur l'observait.

Chapitre 3

– On a rarement fait aussi vite ! s'exclame De Kerkhove.

– Dealer en août, c'est du velours ! sourit Franck.

Il coupe le moteur avant même d'avoir engagé le break Peugeot sous l'énorme toit en bois qui peut abriter deux vans et deux voitures. Pour ce genre de trajet, il utilise un véhicule familial. Le jour se lève sur la Sologne. Vigilance canicule, encore, ce matin. De Kerkhove ouvre la portière et se hisse péniblement hors du siège conducteur en bougeant vers l'extérieur de l'habitacle ses énormes cuisses, l'une après l'autre. Le corps du colosse se déploie. Massif, des mains énormes, un ventre qui menace de faire péter le tee-shirt vert camouflage, il souffle comme un bœuf à cause de la chaleur, déjà. Il s'agrippe à une des barres de toit du break pour s'extraire. Ces deux heures de route ont suffi à l'engourdir. Mais il aime rouler au petit matin.

– Tu récupères ce qu'il y a dans le coffre…

Ce n'était pas une question. Franck n'a de toute façon pas attendu l'ordre de De Kerkhove. Il est déjà sorti de la voiture, jette un coup d'œil vers la grille d'entrée qui s'est refermée sur eux. Vérifie, par reflexe, que personne ne les a suivis. Le centre équestre est silencieux. Un cheval hennit dans son box.

– C'est Clovis du Rouret… Il nous a entendu, chuchote De Kerkhove. Franck, tu gères ?

– Oui, je m'en occupe.

– Puis tu vas dormir un peu. On a une grosse journée. Tu as dix débutants en Shetland à onze heures.

– Ok, répond Franck.

Franck suit du regard la silhouette massive de son patron qui se dirige vers un grand hangar, derrière les box. Parfois, il se dit que De Kerkhove boîte et parfois non. Sa démarche est tellement lourde qu'il ne sait pas trop. Franck referme le coffre du break d'où il a sorti plusieurs paquets totalement hermétiques, entourés de gros scotch beige. Qu'il ira, dans quelques instants, cacher dans une cavité quasi invisible à l'œil nu, dans le box de Clovis du Rouret.

De Kerkhove essuie la sueur qui coule sur son front, entre dans le hangar et s'assoit en soufflant sur un vieux tabouret en bois blanc. Il ouvre la porte d'un petit meuble bancal, retire ses chaussures de toile et les range à l'intérieur. Il enfile des bottes vertes, pleines de boue, qui tenaient toutes seules sur un vieux paillasson. Il n'est pas inquiet. Puis le patron du centre équestre de la Tourelle, à cinq kilomètres de Romorantin, prend la direction de sa maison, attenante aux écuries. Il jette, comme chaque matin, un coup d'œil circulaire à la propriété et se dit que sa petite entreprise tourne bien.

« Quelques soirées en août, une à la rentrée. Des clients d'Orléans d'ici là, puis un aller-retour en Savoie… »

De Kerkhove fait une énième fois, dans sa tête, le point sur les prochaines ventes pour écouler sa marchandise. Il passe sa main dans ses cheveux noirs gras, humides de transpiration. Sa barbe noire blanchit sous le menton. Il sait bien que la dope dans un box, c'est une excellente idée. De Franck. Mais il n'est jamais totalement rassuré.

– Le centre équestre est une entreprise de loisirs respectable, sourit-il pour oublier qu'il cache toute l'année de quoi le mettre au trou pour pas mal d'années.

De Kerkhove est devenu, en quelques années, un revendeur qui compte sur le département. Et il ne prend pas beaucoup de risques. Un centre équestre et ses nombreux box, granges, locaux ou s'entassent selles, tapis, gilets, polaires, vestes… Quelle meilleure planque pour des sachets de dope ?

Accompagné de Franck, moniteur d'équitation au centre

et homme de confiance, ils sont rentrés de Bobigny avec cinq kilos de résine de cannabis et cinq cents grammes de cocaïne. Valeur marchande à la revente : plus de trente mille euros.

Le jour s'est levé sur le centre équestre. Dans quelques heures, les festivités vont recommencer. Franck s'approche du box. Clovis du Rouret ne dort pas. C'est comme s'il ne dormait jamais. Il guette. Franck a immédiatement pensé à ce box-là pour planquer la marchandise. Car il a l'impression que le cheval surveille. Cela le rassure. Dans le pire des cas, même si les flics voulaient fouiller les box, ils y réfléchiraient à deux fois avant de faire chier Clovis du Rouret. Son œil en coin, ses flancs saillants, ses mouvements brusques… Seuls De Kerkhove et Franck peuvent entrer dans son box. Et le monter. Son propriétaire est un Franco-Emirati qui ne vient presque jamais. Le box de Clovis du Rouret, légèrement aménagé, c'est la meilleure cachette du département.

– …Centre commercial, terminus ! Tout le monde descend ! Attention à ne rien oublier dans le bus, sinon je le revends ! Bonne journée messieurs-dames…

Parfois, j'entends un petit rire. Certains sourient seulement mais je les vois, en regardant dans mon rétroviseur.

– Bon courage, avec cette chaleur !

La journaliste descend du bus, à son tour. Son visage s'est refermé depuis tout à l'heure, quand elle m'avait adressé la parole. Une fois que le véhicule est vide, je me lève de mon siège. Vérifie qu'il ne reste rien, sur et sous les banquettes. Je me rassois, redémarre et roule vers le dépôt principal, à la Gare Routière. Je m'appelle Luc. J'ai trente et un ans, je suis chauffeur de bus municipal à Romorantin. Et c'est tout. Je n'ai rien fait, depuis trente et un ans, pour mériter mieux. Je suis né ici, j'y ai toujours vécu.

Je connais toutes les rues, tous les trottoirs de cette ville. J'ai quelques copains avec lesquels on dine certains soirs au kebab. Ma mère s'appelle Jeanne, elle est secrétaire du maire de Romorantin, Jacky Deviller. Je crois qu'elle m'aime beaucoup. Elle n'a que moi. Je n'ai plus de père. Et rien d'autre à raconter. Je ne sais pas si je suis heureux. Quand je me pose la question et que je fais le bilan, je trouve que je m'emmerde et que ma vie est morne. Alors, je cherche un peu de chaleur en plaisantant avec mes passagers. Je suis quand même fier de mon boulot.

« Grâce à vous, cette ville se maintient en vie en ces temps de désertifications des campagnes... » avait dit le maire lors d'un discours au personnel municipal, il y a deux ans. « C'est vous qui assurez la mobilité des gens. La mobilité, c'est la vie de Romorantin ! Et vous êtes les acteurs de ce quotidien ! »

J'avais envie de déconner avec les copains chauffeurs. Mais ils écoutaient. Alors je me suis trituré les ongles. Je n'ai jamais su rester concentré trop longtemps. Mais j'ai retenu « acteur du quotidien », j'ai bien aimé.

Je prends plaisir à tourner le gros volant. A m'arrêter avant les passages cloutés pour laisser passer les piétons. Ce bus, c'est ma signature sociale. Ici, je rends service. Acteur du quotidien. J'ai le bras qui pend par la vitre ouverte. Il brûle au soleil. Avec mon visage banal et mon air rural, je suis content quand on me regarde.

Ce matin, le soleil abrutit la ville. Pas un bruit, pas d'éclats de voix, pas de cris d'enfants, pas de musique. Je manœuvre sans trop de difficultés pour garer le bus dans le dépôt. Je repartirai tout à l'heure avec un autre véhicule. Ma journée se terminera à quinze heures. J'ai un trois quart temps, au service des transports municipaux. Je commence à l'aube et j'ai mes fins d'après-midis. Je suis un lève-tôt alors cela ne me dérange pas. Je serai bien un couche-tard, mais on est à Romorantin…

Je baisse ma vitre.

– Eh, Jojo, tu dois y faire le plein ?

Le mécano du dépôt lève le pouce. Ça veut dire oui. J'avance doucement, puis stoppe. Je récupère mes clés, mon paquet de clopes et mon portefeuille, coincés entre le tableau de bord et le pare-brise. En descendant du bus, je me dis que j'ai accompli ma mission ce matin encore. Pas de coup de frein brusque, pas de voyageurs qui a souffert de la chaleur. La satisfaction du travail bien fait. J'aime bien mes passagers. Je me sens responsable d'eux. Je veux qu'ils soient contents, qu'ils reviennent, qu'ils me reconnaissent, qu'on échange quand ils montent dans mon véhicule. Même si je ne gagne pas plus. Je repense à ma matinée. J'ai transporté cinq vieux, une maman qui emmène son petit au square faute de pouvoir lui payer des vacances et la journaliste qui se tape l'été à la Nouvelle-République. Une drôle de fille. Elle a un si beau sourire et se met si peu en valeur. C'est triste. Elle est tellement mal habillée, que même moi, ça me choque. Et rasée, en plus ! Une fille tête rasée, quelle idée ! Un jour, je lui demanderai son prénom.

– Bonne journée, Luc !

Je salue les collègues et sort fumer une cigarette. J'irais me balader avant de reprendre le volant pour mon dernier trajet aujourd'hui. Le soleil va cogner, dehors.

« Quand faut y aller mon Lucho »…

Quand je me parle je m'appelle Lucho. C'est Luc en sud-américain. J'aurai aimé être Argentin ou Uruguayen. Ça claque ! Je pénètre en clignant des yeux dans le halo de lumière. Mes vêtements collent. Je suis désormais prisonnier d'une enveloppe de chaleur. Pas moyen de s'échapper. Même ma gourmette me brûle la peau. Les gens ne parlent pas, dans la rue. Je me dis, en rigolant, que si un jour il y à la fin du monde, cela ressemblera à ça.

Chapitre 4

Malgré ses chaussures légères, Louise a mal aux pieds. La rue est vide. A droite, le centre commercial. Une zone périphérique de hangars et d'enseignes commerciales. Elle est loin du siège du journal. Mais il y a souvent un peu de monde, ici. Louise choisit un lieu un peu à l'écart pour ses interviews. Deux petits vieux veulent bien s'arrêter. Elle enclenche l'enregistrement sur son portable, placé dans la petite poche du haut du k-way.

– Quel est votre avis sur la prochaine réduction des effectifs au bureau de Poste de la Gare ? Celui de la rue des Trois Rois suffit-il pour assurer les opérations courantes ?

Louise regarde avec dégoût l'homme, la transpiration qui perle sur les poils mal rasés de sa lèvre supérieure. Elle croyait que les vieux, ça ne transpirait pas.

– Nous, on habite à côté, alors cela nous oblige à traverser la ville. Sous cette chaleur, en plus… se plaint le papi.

Louise vérifie que le portable enregistre. Un des derniers Samsung. Il lui a couté cher mais pour enregistrer du son, filmer au cas où le rédacteur en chef de la NR lui demande une vidéo pour le site internet du journal, il est idéal. Elle va les provoquer un peu, les vieux. Après tout, elle est journaliste.

– Vous savez que les envois de colis professionnels diminuent de plus de moitié l'été ? Qu'il y a trois fois moins de dépôts de chèques ? Que les conseillers financiers prennent tous leurs vacances en août ?

Louise n'écoute pas la réponse. Elle s'en fout. Elle n'a que trois feuillets à rédiger, en page locale-ville. Elle écoutera l'enregistrement. Il y a aussi l'interview du facteur, hier, qui était très bonne. Elle prendra presque la moitié de l'article.

– Je peux faire une photo ?

Avec autorité, Louise fait signe aux vieux de se décaler, à cause du soleil.

– On va passer dans le journal ? demande la femme aux cheveux blancs.

– Oui. Ce sera dans La NR, demain. Ne bougez plus…

Louise prend deux clichés, par sécurité. Elle essuie se mains moites sur son large tee-shirt vert, sous son k-way. Elle a trop chaud, avec ce k-way. Vert aussi. Mais il cache ses formes. Il cache sa honte. Alors elle le porte, tous les jours. Pas très attirant pour les hommes. Mais ceux qu'elle consomme se foutent de son k-way. Des hommes n'importe quand, n'importe comment. Elle est incapable de dire non. Pour se mettre en danger. Une fuite en avant pour souiller ce corps coupable qu'elle déteste. S'anesthésier.

Sur les trois photos. Il y en aura bien une de correcte. Louise salue les deux vieux. Les regarde s'éloigner doucement, la démarche lourde, abrutis par le soleil. Elle est plus petite que lui. Tient le cabas. Ils se donnent la main comme pour sentir si l'autre devait s'écrouler sous la chaleur. Deux jeunes en survêtement la frôlent sans la voir.

– Vous savez que mon corps est mort ? Que je le donne à n'importe qui ? Avant j'étais belle…

Même si elle voulait, rien ne sortirait de sa gorge sèche. Personne pour l'entendre, de toute façon.

Louise s'éloigne du centre commercial et se dirige vers le centre-ville. Elle marche quelques minutes avant de repérer une femme.

– Bonjour, je travaille pour la NR. Je n'en ai pas pour longtemps...

La femme entre deux âges lui fait un signe de la main en continuant son chemin. Louise jure entre ses dents. Elle est poisseuse sous son tee-shirt vert. A sa droite, la rivière

La Sauldre. A sa gauche, le bâtiment blanc et gris du Musée de Sologne, les pieds dans l'eau. Louise fait un détour par le parvis central. Derrière la baie vitrée, elle distingue les ombres de touristes à la recherche de fraîcheur. Louise marche vite. Autour de la place Jeanne d'Arc, des bâtiments trop blancs reflètent le soleil. Puis des pavillons bien alignés. Derrière, le clocher de l'Eglise. Tout est calme. Plus loin, des toits en ardoise. Personne ou presque. Louise doit envoyer à la rédaction de Tours pour 19h. Elle marche au hasard.

– Bonjour, c'est pour la Nouvelle République. Un article sur le bureau de Poste…

Le couple ne la regarde même pas. Lui, barbu, un bébé dans les bras, pousse une poussette dans laquelle s'entasse un bric-à-brac de vielles chaussures et rouleaux de papier toilette. Elle, petite, est cachée par un voile. Louise tourne à gauche au bout de la rue du Pressoir. L'Eglise. Ses cuisses collent, le k-way semble fondre sur elle. Elle fait brusquement demi-tour. Pour repartir en sens inverse. Elle marche, sans but. Cela fait toujours des minutes pour rien, des minutes en moins.

Puis le Grand Pont, au-dessus de la Sauldre.

« Toi qui m'as violée, cela ferait un beau titre de roman », pense Louise.

Pendant ces cinq années, elle a erré de détresse psychologique en tentatives de suicides, de problèmes relationnels en fuites dans le rosé bon marché. Chaque jour qui passait n'était que souffrance et frustration de ne pas avoir osé. Franchir les portes d'un commissariat ? Impossible puisque c'est elle la coupable… Des larmes, encore des larmes. Les premiers mois, le silence était un poids. Il est devenu un refuge. Mais peut-être qu'ici, elle osera. Elle y pense souvent depuis qu'elle a découvert par hasard, il y a quelques années, qu'il était maire de Romorantin.

– Excusez-moi, je travaille pour le journal local…

Le retraité ne se retourne même pas. Louise s'en fout. Elle sait ce qu'elle fait dans cette ville. Même si ce retraité la méprise. Elle a puisé au plus profond d'elle-même pour se donner le courage de venir jusqu'ici. C'est un de ses profs de journalisme qui, malgré la surprise de son choix, lui a dégotté ce stage. Louise s'est donné une dernière chance de vivre à nouveau. Son portable vibre dans la poche de son k-way. Elle cherche un peu d'ombre, sous un arbre, pour répondre. L'appareil photo en bandoulière, le bloc-notes dans la poche arrière du jean, elle s'assoit sur un muret.

– Allo ?

Elle écoute, quelques secondes, le regard fixe.

– Je te l'enverrai vers 18h… Je n'ai pas encore fini. C'est un article sur les services publics en général en cette période d'août. En gros, j'évoque les facteurs, le bureau de poste et la bibliothèque qui n'ouvre que l'après-midi etc…

Au téléphone, le rédacteur en chef adjoint de la rédaction de Tours, qui gère la page « Romorantin » de la NR, cet été. Elle n'est pas un enjeu majeur pour les ventes. De toute façon, les gens du coin achètent le quotidien local, quoi qu'on y écrive dedans. Sur Romorantin, la Nouvelle République se vend à quelques dizaines d'exemplaires. Et Louise ne coûte pas très cher.

– Et pour la semaine prochaine, j'ai pensé à un article d'ambiance sur la base de loisirs. Avec cette chaleur, elle fait le plein. Comment les animateurs gèrent la venue de tous ces gens, originaires de tout le département et notamment les enfants …

Le rédacteur en chef adjoint, Brézillon, la félicite. Louise raccroche. De l'autre côté de la rue, des joueurs de boules ont envahi le square ombragé et parlent fort. Ils ont du bide, des bérets, des chiffons pour essuyer leurs mains. Un plaisir simple. Louise les regarde machinalement. L'esprit ailleurs.

Ce soir, après avoir rendu son article, elle se couchera sans dîner. Il fait trop chaud.

Jacky Deviller serre la main moite du directeur de l'agence HSBC du centre-ville. Il avait pris ce rendez-vous exprès en pleine période estivale pour être le plus discret possible. En quittant la mairie tout à l'heure pour rencontrer le banquier, personne n'a prêté attention à lui. Tout à l'heure, dans le bureau blanc sommairement décoré, Deviller s'est senti humilié de réclamer un nouveau découvert autorisé. Dans sa vie d'avant, jamais il n'aurait prêté attention à ce genre de sous-fifre. Evidemment, il est maire et l'autre a montré de la déférence. Mais il avait l'impression de mendier, c'est le mot, ce découvert un peu supérieur à celui dont il bénéficiait jusque-là.

– Je connais bien votre homologue d'Aix en Provence. Il paraît qu'il a eu une promotion au siège, à Paris ?

Au moment de quitter le banquier, Deviller tente de rééquilibrer le rapport de force. Il a le bras long et c'est le moment de le faire savoir. Le directeur de l'agence, costume beige, à moitié chauve, secoue la tête pour faire signe que non, il ne connaît pas son homologue d'Aix. Sous-entendu, Deviller ne lui mettra pas la pression avec des arguments aussi grossiers. Deviller vérifie qu'il a bien récupéré tous les documents dans la pochette HSBC.

– Je vous les renvoie signés dans le courant du mois.

Les conditions proposées sont tout à fait correctes. Mais il a dû contracter un prêt comme garantie d'un virement mensuel qui le plombe ! Et sa situation ne devrait pas s'arranger. Trois chaises sont alignées le long d'un mur marron. Sur une table basse, des dépliants vantant différentes assurances-vie ou livrets jeunes sont disposés comme un jeu de carte. Deux employés tapotent sur leurs ordinateurs portables dans une salle de réunion dont la porte est restée ouverte. Le directeur au costume beige indique à Deviller de le suivre vers l'arrière de la banque, ou est indiquée une sortie de secours.

– Au revoir monsieur le maire.

Deviller se ressaisit.

– Merci de me faire sortir discrètement…

Il en avait fait la demande en prenant ce rendez-vous, sans passer par Jeanne. Sa fidèle secrétaire est pourtant dans tous les secrets et lui prend même ses rendez-vous pour une coloscopie ou un déjeuner avec une future maitresse. Mais la banque, non. Encore qu'il se doute qu'elle est plus ou moins au courant de ses soucis. Plusieurs fois, il lui a demandé d'appeler des agences immobilières à Aix.

– Et félicitations pour les festivités d'été ! A bientôt, n'hésitez pas...

Le directeur accompagne ses politesses d'un sourire ironique. En quittant la banque pour se jeter dans la touffeur de l'extérieur, Deviller retrouve de sa superbe. Costume élégant, démarche assurée, le cheveu parfaitement coiffé, les rides aux coins des yeux, le bronzage parfait, il cherche un peu d'ombre. Il en trouve sur le trottoir d'en face. L'arrière de l'établissement bancaire est situé juste à côté du presbytère. Un coin tranquille, qui donne sur une petite impasse, rue Neuve. Quelques fenêtres en hauteur, un petit entrepôt qui sert d'atelier à « Ferreira et fils électricité-plomberie ». Jamais personne. Malgré la légère bise, la teinture noir-corbeau virant sur le roux ne bouge pas d'un millimètre. Deviller, gendre idéal des mamies, parfois séduisant, toujours grande gueule, ne laisse jamais indifférent.

« Vulgaire et superficiel », accusent ses détracteurs, nombreux.

« Proche des gens », rétorque à chaque fois Deviller. « Sinon, comment aurais-je pu être élu trois fois de suite maire d'Aix-en-Provence puis ici, à Romorantin ? »

Deviller n'a pas envie de sourire malgré la belle journée qui s'annonce. Tous les étés, il fait le point avec le directeur de la banque. Mais cette année, la situation est compliquée. Et pas question de rapatrier l'argent qui dort à Jersey. Si la presse l'apprend… Pour l'instant, il est protégé par l'opacité du montage.

– Vous allez bien Monsieur le maire ? Alors, ces festivités du mois d'août, ça s'annonce bien ?

Deviller, perdu dans ses pensées, tente, vainement, d'échapper au soleil qui cogne. Il ne voit pas ce type jovial qui s'arrête en lui tendant la main. Il salue mécaniquement.

– Oui, très bien et j'espère que vous viendrez !

Le maire de Romorantin transpire dans sa chemise blanche. Il tourne à droite sur le Quai de l'île Marin. Embrasse le paysage du regard. Il se surprend à aimer sa nouvelle ville. Il ne pensait pas pouvoir apprécier autre chose que le bling-bling d'Aix-en-Provence. Il ne se doutait pas non plus que dans la région Centre il puisse faire aussi chaud que dans les Bouches-du-Rhône. Canicule depuis huit jours. Deviller retire sa veste en accélérant le pas. Il fouille dans la poche de son pantalon pour se saisir des clefs de sa voiture. Direction le centre équestre de la Tourelle. C'est la fête des enfants, toute la semaine. Hier il n'a pas pu s'y rendre. Mais De Kerkhove propose de belles animations et les vacanciers apprécient.

Jacky Deviller retrouve soudain le sourire. Il s'arrête quelques instants sur le trottoir pour admirer ses formes, son élégance. Exceptionnellement, ce matin, il a voulu sortir le 4x4 Mercedes qui attend trop souvent de rugir, enfermé dans le garage de sa maison. Car les Romorantinais ne comprendraient pas que leur maire affiche des signes extérieurs de richesse. Mais il savait qu'après son rendez-vous à la banque, il aurait envie d'oublier ses soucis d'argent sur les départementales du Loir et Cher. Une petite heure à décompresser, en pilotant sur les routes brûlantes, au volant de cette belle voiture, massive, racée. Et ce qu'il aime encore plus, c'est qu'elle ne lui a rien coûté.

– Cela nous fait plaisir, monsieur le maire...

En s'asseyant sur le siège en cuir beige, il revoit encore le sourire mielleux du père Bernal entouré de ses deux fils. C'était en début d'année, à l'Orangerie du Château. Un restaurant gastronomique fréquenté par la société aisée de Blois. Visiblement, les entrepreneurs de travaux publics Bernal et fils y avaient leurs habitudes. Des bosseurs, ces Bernal. Le père, grand type pâle aux cheveux noirs, les yeux presque gris derrière ses petites lunettes. Costume trop large qui tombe sur ses mains aux veines saillantes, la gourmette en or. Mais malin. Comprenant très vite où est son intérêt.

« La rénovation et l'extension du Centre Culturel de Romorantin, c'est un beau contrat pour notre entreprise. On tenait à vous remercier à la hauteur de la confiance que vous nous accordez... », avait-il dit dans un large sourire, dévoilant ses dents jaunes. Et le 4x4 Mercedes, avec un petit nœud rouge autour du porte-clefs. Sa voiture préférée. En blanc en plus. La même, plus récente, que celle qu'il avait à Aix. C'est vrai que le marché conclu avec les Bernal était juteux. Onze hectares, une nouvelle route d'accès, deux bâtiments dont un nouveau gymnase. Pour l'entreprise Bernal, cela représentait plusieurs années de travail assurées. Et pour le père Bernal, la certitude de léguer à son fils aine une entreprise florissante.

– Je ne sais comment remercier la belle maison Bernal, un partenaire qui sait se montrer indispensable sur un marché si concurrentiel pour équiper notre belle ville !

– Monsieur le maire, c’est un honneur. Appelez-moi Yves…

Yves Bernal n'en pouvait plus de sourire.

– Je dois faire valider notre accord par mon conseil municipal. Une formalité…

Deviller était reparti après avoir serré chaleureusement la main du fils aîné. Puis celle du fils cadet. Karl Bernal, commandant de gendarmerie en second à Romorantin. Très proche de son père, même s'il avait choisi une autre voie, celle du maintien de l'ordre. Amusant, d'ailleurs, vu le pedigree du père. Mais Karl Bernal serait certainement utile un jour.

Depuis, Deviller et les Bernal avaient décidé, d’un commun accord, de ne plus faire affaire ensemble jusqu’à nouvel ordre. Pour éviter de se faire épingler par la Chambre Régionale des Comptes. Dans le département voisin du Maine-et-Loire, une société avait éveillé les soupçons en obtenant plus de 80% des travaux de voirie sur cinq ans. La CRC s’était saisie de l’affaire, la presse locale aussi. En étudiant le dossier de plus près, des surfacturations de bitume et enrobés goudron avaient été constatées. Le maire a dû démissionner. Sous les huées. Et les pierres. Deviller avait retenu la leçon.

Les doigts de Jacky Deviller caressent le volant. En semaine il circule en Clio pour montrer à ses administrés qu’il est des leurs. Difficile, en revanche, de cacher aux voisins du quartier résidentiel du sud de la ville l’existence de la Mercedes. Mais avec des places gratuites au premier rang du festival annuel « Romo Jazz », les voisins savent rester discrets.

Par reflexe, Deviller vérifie que l’objet est toujours à sa place, enveloppé dans un gros chiffon jaune. Une attention délicate du père Bernal. Après le déjeuner à l’Orangerie, il avait reçu un texto.

« Ouvrez la boîte à gants. C'est pour vous. Au cas où nos malheureux concurrents ne sachent pas faire preuve de fair-play… »

Il se souvient qu'il s'était arrêté, intrigué, sur le bas-côté. Une petite pression sur l'ouverture en bois verni de la boîte à gants. Sacrée surprise ! Un pistolet semi-automatique Beretta M9A1 entouré, là encore, d'un petit ruban rouge. Chargé.

Deviller referme la boîte à gants et se sent rassuré. Il prend plaisir à écouter le moteur. Et compte bien oublier ses soucis au volant de la berline, sur la route de Tours vers le centre équestre de la Tourelle, chez De Kerkhove.

La journée va encore être longue. Je suis un chauffeur de bus à pieds. Je me dirige, par reflexe, vers le centre-ville. Je cherche surtout à échapper à la chaleur, mais elle me suit, me précède, m'enferme comme dans une prison. J'espère croiser des visages connus, engager la conversation avec des gens qui sont, un jour, montés dans mon bus et y ont passé un moment agréable. Mais le mois d'août, c'est terrible. Surtout avec cette canicule. Boulevard du Maréchal Lyautey. Désert. Je le savais. Je l'emprunte quand même. Chaque pas m'emmène vers des lieux que je connais par cœur, sans surprise. Je distingue le clocher de l'église Saint Etienne.

– Salut !

Rue des Capucins, la terrasse du Tabac du Centre empiète largement sur le trottoir. Deux visages familiers. Pas des amis, n'exagérons rien. Je fais un petit signe de la main. Mais je n'ai pas envie de m'arrêter. Ils ont l'alcool facile. Le plus grand des deux, aux cheveux déjà grisonnants, ne veut pas rentrer chez lui parce qu'il n'a pas de femme qui l'attend. L'autre, plus petit, tatoué aux avant-bras, ne veut pas rentrer chez lui parce qu'il y a une femme qui l'attend. La première fois qu'ils m'ont raconté ça, on a rigolé. Mais à chaque fois, ils font la même vanne. C'est devenu triste. Il est quatorze heures. Jusqu'à la fin du mois d'août, je suis du matin. J'appelle ma mère. Elle déjeune rarement mais je serai content qu'elle m'accompagne.

– Tu fais quoi, maman ?

A l'autre bout du fil, sa voix douce.

– J'ai bientôt fini ma pause. Je suis avec les copines. Et toi, mon Luc ?

– Je vais prendre une salade au kebab, près de la Mairie...

Rue du Milieu, je marche côté ombragé. Je sais très bien où est maman et qui sont ses copines, ce qu'elles se disent et surtout ces longs moments de silence parce qu'elles n'ont plus rien à raconter. Sauf s'il se passe quelque chose de particulier à la mairie. Mais sûrement pas en août. Je suis fier que ma mère soit la secrétaire particulière du maire. Elle a toujours aimé son boulot. Et elle a de l'affection pour Deviller. Je ne lui dis pas que j'ai du mal avec ce style de type grande gueule et superficiel, cela la vexerait.

– A tout de suite, maman.

En ce moment même, des centaines de milliers de types de mon âge qui ont réussi leur vie sont en vacances au bord de la mer. Pas moi. Ils sortent le soir dans des boites ou les filles sont souriantes et bronzées. Pas moi. Ils font des projets. Pas moi. Rue de la Pierre, les maisons sont grises et les volets fermés. Elles semblent écrasées par la chaleur. Aucune vie autour. Mais c'est mon univers. Je repense soudain à cette fille, la journaliste qui s'enlaidit dans son vieux k-way. Qu'a-t-elle pensé en découvrant Romorantin ? J'ai l'impression qu'elle est comme cette ville. Son joli sourire, c'est le charme caché. Autour, un physique triste qui ne se met pas en valeur.

Maman est assise à un café. Toujours le même. Je lui fais un signe. Elle est seule.

– Et tes copines ?

– La pause déjeuner est finie, mon Luc, mais je t'attendais.

Je n'ai qu'elle ici. Je crois que si je ne pars pas de Romorantin, c'est pour ma mère. Je crois surtout que si je ne pars c'est parce que je n'en ai pas le courage.

– Tu vas être en retard, maman !

– T'inquiète pas, le maire m'a dit qu'il s'absentait en début d'après-midi. Il était de mauvaise humeur ce matin. Il m'a dit qu'il comptait faire un tour à la fête du centre équestre.

– Tu parles, il a une maitresse…

Ma mère semble choquée.

– Luc, qu'est-ce que tu racontes ! Avec le boulot qu'il a !

Elle me fait les gros yeux comme si j'avais dit une énormité. Puis elle se penche vers moi en prenant un air comme si elle annonçait un génocide en Europe occidentale.

– Je crois qu'il a des problèmes d'argent.

Celle-là, elle ne me l'avait jamais dite !

– Deviller ?

– Oui. D'après ce que j'ai compris, il menait la grande vie, à Aix. Il a des dettes...

J'aime bien quand ma mère me confie un secret. Cette journée n'est pas perdue.

– Comment tu sais ?

– Souvent, il veut que je lui imprime ses comptes. Il y note des choses, il y gribouille beaucoup de chiffres. Et il râle.

Je ne pense même plus à aller au kebab.

– Il ne râle pas contre toi ?

Je regarde ma mère avec affection. Elle ne vieillit pas trop. Je suis content.

– Mais non, andouille !

Je m'en doutais mais je voulais la faire sourire. Elle a l'air toute contente de m'avoir surpris. Alors elle insiste. Elle n'aurait jamais été espionne ! Elle adore trop parler !

– Il n'a pas fini de rembourser une maison, là-bas dans le sud. Si j'ai bien tout compris. Et il paye un loyer d'un studio. Il a des crédits. Et le salaire de maire de Romorantin, ce n'est pas celui qu'il avait avant !

Ma mère jette soudain des regards inquiets autour d'elle.

– Mon Luc, je n'ai pas le droit de te dire ça… Tu me jure que tu ne répètes pas…

Je la rassure. Je suis sûr qu'elle se fait du souci pour son patron alors qu'il n'est sûrement pas à plaindre. La politique, je suis persuadé que ça rapporte. Ma mère se lève de sa chaise en posant la main sur son dos douloureux. Moi, ce qui me fait de la peine, ce sont ses douleurs, de plus en plus fréquentes.

– Laisse je vais payer au bar, lui dis-je en mimant un bisou.

Ma mère se dirige, à pas lents, vers la mairie, à quelques centaines de mètres. Elle porte une robe bleue et des chaussures plates. En la voyant s'éloigner, je sens le poids des ans sur elle. Au moins, elle est tranquille une partie de la journée si son patron s'est barré pour la journée. Je repense à ce qu'elle m'a raconté à propos des soucis d'argent de Deviller. Ce secret, je dois être un des rares à le connaître. Je pourrais le monnayer. A ma copine journaliste ! Ou alors, je le lui révèle, gratuitement, à condition qu'elle se laisse pousser les cheveux, qu'elle s'habille normalement et qu'elle ne me regarde plus comme un écureuil peureux. Je souris de ma propre imagination débordante. Evidemment, je sais que je ne le ferai jamais.

« Mais qu'est-ce qu'il est venu foutre ici, Deviller ? »

Le bruit d'un camion brise le silence de la rue de la Pierre. Dessus, il est inscrit “Bati-Sologne” en lettres vertes. Certainement des gars qui bossent sur les préparatifs de la Fête des Saveurs, place du Marché, dans quelques jours. Un peu d'animation, tous les mois d'août. J'oublie Deviller et pense à cette promenade gourmande de la Fête des Saveurs. Agriculteurs, producteurs locaux, spécialités régionales... Et ça ramène un peu de monde. Mais quel type de trente-et-un an, comme moi, s'ennuie dans sa vie au point de se réjouir d'un marché régional ? Finalement, je préfère ne pas y penser. Je me lève à mon tour, récupère le verre vide, la tasse et l'assiette sur la table du café et entre dans l'établissement.

– Je te dois combien ?

Le patron du café lit La Nouvelle République. Il porte une chemise marron usée, déboutonnée presque jusqu'au nombril. Ses cheveux bruns lui tombent dans le cou. Il aurait voulu tenir un snack sur la Route 66 aux Etats-Unis, accueillir des motards, préparer des hamburgers géants arrosés de montagnes de ketchup, rouler en pick-up dans des paysages désertiques. Il sert des canons à Romorantin.

– Tu vas bien Luc ? Merci de débarrasser ! Tu payes pour ta mère ?

– Et oui…

Je fouille dans mon portefeuille et lui indique son journal.

– Il y a un article de ma copine journaliste. Regarde la signature LD. Je ne connais pas son prénom.

Je ne comprends pas pourquoi, à la moindre occasion, je repense à cette fille. De toute façon, le patron s'en fout. Il prend son calepin et fait un rapide calcul.

– Elle a pris un croque-madame et un café. Huit euros.

Je paye et sors. Il fait de plus en plus chaud. Je transpire et je n'aime pas. Le matin, je ne mets même plus de déo puisqu'en deux heures, je sens sous le bras. Donc cela ne sert à rien et je fais des économies.

Evidemment, si un jour j'invite la journaliste à prendre un verre, j'en mettrai. Et même deux doses ! C'est drôle, je pense encore à elle … Si mystérieuse. Si triste. Je me rends compte que j'ai déjà pas mal marché. Je suis pressé de rentrer dans mon deux-pièces. J'habite les Favignolles, un quartier populaire vers la rue des Papillons, au sud de la ville. Je cherche l'ombre, rue de la Pierre. L'air est si chaud que j'ai envie d'ôter ma chemise. Elle est moche, mais c'est l'uniforme des chauffeurs municipaux. Grise. Chaque après-midi je la lave dans mon lavabo et la pends à la fenêtre. En cette période, elle sèche en moins d'une heure.

Chapitre 5

Deviller se gare en épi sur le parking du centre équestre de la Tourelle, à côté du break Peugeot de De Kerkhove. En sortant de son 4x4 Mercedes blanc, il est happé par une fournaise. La chaleur est à peine plus supportable qu'en ville. Mais le maire de Romorantin apprécie l'ombre des hauts pins sylvestres de la forêt solognote. Eux aussi souffrent. Leur écorce semble fondre. En se dirigeant vers le manège, il perçoit des rires d'enfants et des applaudissements. Il respire à plein nez l'odeur des chevaux venue des box. Des poneys trottinent, crinière dans les yeux. De Kerkhove, une vielle casquette vissée sur le crâne, se tient à la rambarde, à quelques mètres à peine des parents qui encouragent leurs enfants. Il observe Franck qui assure ses leçons malgré quelques heures, à peine, de repos.

– Les coudes au corps, Alexandra ! Les mollets au contact ! Tu as pris un mètre de retard. Allez ma grande !

Franck sourit en secouant ses dreadlocks. Son aura rejaillit sur les parents, totalement en confiance. De Kerkhove se félicite encore de l'avoir gardé au club il y a trois ans, bien que l'ayant surpris en train de se rouler un joint, assis sur une botte de paille alors qu'il était censé graisser les selles et les harnais. Il se souvient de sa colère et pourtant, intérieurement, il savait qu'il ne le punirait pas. Lui aussi était sous le charme. Car ce jeune lad avait un fluide incroyable avec les chevaux. Dès les premiers jours, il l'avait senti. Le gamin souriait, dès 6h30 du matin. Il n'était pas comme les autres. Son approche gestuelle, sa voix douce rassurait les bêtes qui venaient naturellement vers lui. Un truc inexplicable.

Il « parle cheval » s'était dit le propriétaire du centre équestre. Et peu avec les humains. De Kerkhove avait commencé par lui confier le pur-sang d'un riche propriétaire de la région. Un britannique hautain, méprisant et exigeant. Au bout de quelques mois, il ne jurait que par Franck, qu'il emmenait avec lui en Ecosse et au Pays de Galles pour des concours.

– Enzo, recule ton bas de jambe. Quand tu as fini ton tour, tu caresses ton poney. Tu le remercies d'avoir bien fait ce que tu lui as demandé !

De Kerkhove chasse ses souvenirs et essuie la transpiration sur son front. Le petit Enzo s'exécute et remercie son poney de sa petite main hésitante. De Kerkhove échange un sourire complice avec Franck. Car il tient énormément à ce que les chevaux, du plus majestueux des pur-sang jusqu'au moins beau des poneys, sentent qu'ils ne sont pas là que pour travailler mais aussi pour recevoir les caresses et l'affection du cavalier, enfant ou adulte. Et Franck voit les choses exactement de la même façon.

– Et moi, je danse parce que je suis content de votre séance !

Franck esquisse quelques pas aériens dans le sable du manège, déclenchant des sourires chez les parents. Puis il aide les enfants à descendre de leurs montures et leur propose de l'eau. Dans quelques minutes, De Kerkhove se dirigera vers son bureau, à l'entrée du centre. En partant, de nombreux parents, conquis, réserveront des stages ou des simples leçons pour la mi-août, comme après chaque journée portes ouvertes pendant les festivités de cette semaine. La chemise trempée, il fait un signe, pouce levé à Franck et profite du regard, comme chaque jour, de son domaine. Plus de quatre cents hectares, un parc à l'anglaise aux pelouses un peu jaunies par la canicule de ce début du mois d'août. Au milieu, le bâtiment principal construit à la fin du XVIIIe siècle. Cinq hautes arcades moulurées en grès rose sur la façade principale, des grands volets verts aux fenêtres, du lierre le long des murs. A droite, la grande écurie qui entoure l'esplanade du manège à ciel ouvert. Les stages d'été font le plein. Les randonnées découvertes de la Sologne et de ses châteaux remportent un franc succès. La plupart des propriétaires de chevaux de dressage ou de concours lui ont renouvelé leur confiance pour nourrir, loger et soigner leurs montures. Le centre équestre grouille d'une activité fébrile. Une petite dizaine de salariés, des jobs d'été, des visites, des activités toute la journée.

Franck s'approche en souriant.

– Patron, je vais bien dormir ce soir…

De Kerkhove le félicite. La nuit a été courte, la journée très longue et elle est loin d'être terminée. Mais Franck ne se plaint pas. Jamais. Et puis, après tout, c'est grâce à lui s'il cumule les activités. Les chevaux et la drogue.

C'était un soir d'hiver… De Kerkhove s'en souvient parfaitement. De chaque mot échangé. Il aurait pu dénoncer Franck. S'énerver pour de bon, cette fois-là. Cela s'était passé dans la cuisine, un mois après le coup du joint. C'est lui qui avait engagé la conversation.

– Franck, je n'ai pas envie de me séparer de toi mais il faut que tu arrêtes la fumette.

Il avait frappé de la paume de son énorme main la table en bois massif de la cuisine. Franck avait souri, de ce sourire franc et doux qui rassure les enfants et séduit les mamans. Une allumette à la bouche, il avait secoué ses dreadlocks. De Kerkhove, un peu déstabilisé, avait insisté.

– J'ai des soucis financiers. On a fait un mauvais été à cause de la météo dégueulasse. J'ai besoin d'argent pour faire tourner le centre équestre. Alors je n'ai pas envie d'avoir à te gérer, toi, en plus.

De Kerkhove se faisait un point d'honneur à n'être jamais surpris. Mais là…

– Monsieur…

Franck l'avait regardé droit dans les yeux. Franck est un animal. Instinctif. Ingérable, parfois. Mais prêt à tout pour aider celui à qui il s'est attaché.

– Celui qui me fournit en herbe donne aussi dans la coke. Il brasse beaucoup. Il a besoin d'un endroit sûr et auquel les flics ne penseront jamais pour planquer sa marchandise... Il paie bien.

De Kerkhove ne s'était pas indigné. Ni vexé. Il n'avait pas souri. Ni hurlé. Ni rien. Juste besoin de se répéter trois fois de suite ce que Franck venait de lui proposer. Oui, il avait bien entendu. Puis Franck était sorti de la cuisine sans un mot. Le lendemain de Noël, De Kerkhove appelait le fournisseur de Franck. Et c'était parti pour la double vie du centre équestre. Grace notamment à ses revenus annexes, son établissement est le plus beau et le prisé de la région. Sur le chemin du bureau, dans le petit manège. Marie, une jeune palefrenière, donne une leçon.

– Quelles figures sont avec un changement de main ?

De Kerkhove sourit. La petite Marie effectue son deuxième été ici. Il aimerait la garder après son bac pro. Le cavalier lui crie la réponse en se retournant.

– Diagonale, demi-volte, demi-volte renversée !

Sur le grand manège, Franck danse toujours au rythme des applaudissements des enfants. Cette fois, il est debout, en équilibre sur Clovis du Rouret. Il ferme les yeux en souriant. Il se sent en osmose parfaite avec le cheval. Il entend battre son cœur, il respire le souffle qui sort de ses naseaux. Ancien espoir du Pôle France de Voltige aérienne, Franck sourit. Un sourire triste, intérieur. La chute, le genou qui tourne. Terminé. Devenu simple moniteur d'équitation.

– Bravo !

Le public le grise. Il est seul au monde, il tourne, passe sous le ventre du cheval. Ils se sentent. Besoin l'un de l'autre. Clovis du Rouret est apaisé. Il fait chaud.

– Il y a plus de monde ici qu'en ville !

Alors qu'il s'apprêtait à rentrer dans son bureau, De Kerkhove se retourne. Deviller part d'un rire gras. Le maire de Romorantin se permet une bourrade dans le dos du propriétaire du centre équestre. De Kerkhove se crispe mais tente de faire bonne figure. Il hait Deviller et, en général, tous les types vulgaires.

– Après chaque manifestation que vous organisez, j'ai de très bons retours de mes administrés !

De Kerkhove jette machinalement un coup d'œil au box. Celui de Clovis du Rouret est vide. Le maire a très vite appris, pour la dope. Comment ? De Kerkhove n'a jamais su. Mais en échange de son silence, Deviller a exigé des manifestations gratuites et régulières entre avril et septembre, particulièrement bonnes pour son image de maire dynamique au service de la population. Le problème, c'est qu'il voulait aussi sa petite enveloppe. De Kerkhove s'est fait une raison. Même s'il n'a jamais eu confiance en ce type qui vendrait sa mère pour cinq cents voix de plus aux élections.

– Ooooh !

Les cris d'admiration des enfants parviennent jusqu'aux deux hommes. De Kerkhove préfère voir Deviller le moins possible. Mais s'il n'a pas le choix, que ce soit à l'écart. Le maire affiche son sourire électoral.

– Vous avez monté une super animation, bravo !

– Travailler pour le prestige de la ville est un plaisir, ironise De Kerkhove.

Le maire de Romorantin toise le propriétaire du centre équestre, lui serre le bras et ses lèvres se tordent avec un rictus entendu.

– Tu as besoin de quoi de plus qu'un maire qui couvre tes activités illégales ? chuchote Deviller en s'approchant de son épaule.

– Vous en profitez bien…, dit De Kerkhove sans même regarder Deviller, les yeux fixés vers le parking, où des véhicules commencent à quitter les lieux.

– C'est la moindre des choses... J'ai eu vent de quelques remarques intriguées de personnes qui comptent, dans la région. Tes soirées festives avec les gosses de riches de la région sont de moins en moins discrètes.

– Je soigne mes relations publiques. Ces jeunes seront les notables de demain. Vous voulez une rallonge, c'est ça ? ironise de Kerkhove.

– J'ai des besoins…, répond sèchement Deviller.

De Kerkhove hoche la tête d'un air entendu. Le maire relâche le bras du propriétaire du centre équestre, marque un temps d'arrêt, sourit et lance, dans un souffle :

– Je jetai un coup d'œil, tout à l'heure, de loin, discrètement, bien sûr… La vedette du jour, c'est ce jeune homme. Franck, c'est cela ? Vraiment très bien… Très doué…

De Kerkhove le regarde s'éloigner avec un regard plein de mépris.

Chapitre 6

La journée s'est écoulée lentement. Allongée sur son lit, Louise s'empiffre d'un cake aux fruits. Incapable de lutter contre son alimentation anarchique. Des miettes recouvrent son tee-shirt vert. Il reste encore une moitié de gâteau dans le papier alu. Elle sait qu'elle l'aura fini ce soir. Elle se saisit de la bouteille de Coca zéro qu'elle boit presque d'un trait.

Soudain, elle sursaute. Deux coups secs à sa porte de chambre. Elle hésite. Deux coups secs, encore.

– Qui c'est ?

Pas de réponse. Louise fixe la porte avec angoisse. Encore des petits coups. Mais pas forts. Réguliers. Juste avec les phalanges.

– Le soleil a trouvé son égal. La beauté de tes yeux…

Putain, ce con de Cheikh ! Louise est soulagée. C'est juste Cheikh, le Sénégalais qui vit au deuxième étage du Foyer des Jeunes Travailleurs. Louise se redresse.

– J'arrive !

Rassurée, elle tourne la clef dans la porte. Le grand Sénégalais sourit. Un sourire franc, solide, sincère. Cheikh est un homme bon. Louise le sent. Elle le sait.

– Qu'est-ce que tu veux ?

– Je t'ai vu rentrer, tout à l'heure. J'ai eu l'impression que tu pleurais. Et quand tu pleures, ma fleur, j'ai le cœur qui saigne…

Louise esquisse un léger sourire. Chaque heure, chaque minute, chaque seconde, elle pense à Deviller. Elle est venue ici pour le regarder dans les yeux. Le culpabiliser. Mais jours après jours, elle se rend compte qu'elle n'aura pas la force. Qu'il la brisera. Elle veut disparaître. Qu'il gagne, tant pis. En rentrant au Foyer, tout à l'heure, elle n'a pas dû faire attention qu'elle pleurait, comme souvent.

Cheikh semble gêné. Il entre et referme doucement la porte derrière lui. Il tend ses mains jointes sous son menton, en signe de déférence.

– Chez moi, on dit qu'il n'y a pas de plus grand bonheur que la venue d'un hôte dans la paix et l'amitié.

Cheikh porte une chemise grise à manches courtes, boutonnée jusqu'au col. Louise est attendrie par tant d'anachronisme. Le grand Sénégalais a laissé femmes et enfants au pays pour gagner sa vie, leur vie, ici. Il n'est pas chez lui, il s'adapte, mais paraît tellement décalé. Son pantalon qui a dû être bleu est trop court. Il marche sur ses espadrilles usées jusqu'à la corde.

– Comment vas-tu ? demande Louise.

– C'est gentil de te préoccuper de moi mais tu sais, rien ne change. J'attends le jour où je retournerai chez moi. Toi non plus, tu n'es pas chez toi. Je le sens...

Cheikh plante ses yeux dans ceux de Louise. Il a l'air sincèrement désolé. Elle soutient son regard et sourit. Elle sait qu'il ne la juge pas. Il vient de si loin. Il est si seul. A eux deux, les soirées au Foyer passent plus vite. Quelques secondes de silence. Puis Cheikh fouille dans sa poche...

– J'ai trente euros pour un voyage au paradis...

– Cheikh, je t'apprécie, tu es gentil avec moi mais je n'ai pas la tête à ça en ce moment. Je ne me sens pas très bien, s'excuse Louise.

Cheikh se caresse discrètement l'entre-jambes et sourit. Ses dents blanches, ses yeux rieurs rassurent Louise. Le grand Sénégalais se dandine. Sa tête touche presque le plafond d'un blanc sale. Un souffle chaud entre par l'unique fenêtre légèrement ouverte. Louise est assise en tailleur sur son lit, le drap marron défait.

– Dis-moi tes malheurs et je les exorciserai, petite fée, dit doucement Cheikh.

Louise sourit malgré elle. Car en vrai, elle voudrait hurler sa douleur.

« Un type a brisé mon intimité. Et ma vie. Je l'ai retrouvé. Pour rien, car je ne supporterai même pas son regard. Ma mère se laisse mourir de désespoir parce que mon père n'a pas assumé et l'a quitté… C'est tout ce qu'il te faut ? »

Les mots ne sortent pas. Louise s'est dit que même ses amis d'école, ses prétendants de soirées en boîte, tous ces garçons qui se damnaient pour un baiser lui ont tourné le dos quand l'autodestruction a commencée. Elle n'a même pas même une épaule pour verser quelques larmes. Alors pourquoi pas celle de Cheikh.

– Je me fais du souci pour ma maman… souffle Louise pour ne pas en dire plus.

Autant elle déteste Bulent, autant elle aime bien Cheikh. Il parle comme un prix Nobel. Le jour il lit. De tout. Des romans, des biographies, des manuels de jardinage, des Guide du Routard. Il les vole dans les librairies de Romorantin, de Vierzon ou de Blois. La nuit, il bosse. Il surveille un chantier. Même quand il est excité, il est poète.

« Je vais t'enfoncer dans la chatte tous les doigts que j'ai sous la main, petite fleur des bois… », lui avait-il sorti la semaine dernière. Le problème c'est qu'il l'a fait. Il a la poésie douloureuse, Cheikh. Mais au moins il est gentil, lui. Peut-être le seul, parmi ses multiples partenaires. Les psys appellent cela « délinquance sexuelle » ou dysfonctionnement avec conduites à risque, pour être moins trash. Elle le sait parce que sa mère l'avait emmenée voir un psy, quelques semaines après le drame. Un peu avant qu'elles ne sombrent, toutes les deux. Il avait parlé de post trauma classique.

Cheikh s'agite, à grands renforts de gestes qui semblent remplir la petite pièce.

– Mon frère est marabout à Tambaconda. Il m'a expliqué

le métier... tu peux me faire confiance. Je te protègerai comme une louve couve ses petits louveteaux. Je débarrasserai ta maman des mauvais esprits.

Le grand Sénégalais semble investi d'une mission. Ses yeux marrons roulent au-dessus de ses paupières creusées. Il insiste.

– Tu es ma princesse, ici. Mon pays me manque. J'ai l'impression de ne pas être à ma place. Mais avec toi, je me sens apaisé. J'ai envie de t'aider.

Louise se dit que Cheikh a souvent envie. Et pas que de l'aider. Mais elle sait qu'il l'aura au sentiment. C'est lui qui l'a accueillie, le premier jour, au Foyer. Lui a expliqué les codes. A changé son lit qui grinçait contre celui d'une chambre vide au troisième étage. Un soir, ils avaient discuté jusqu'à une heure avancée. Il lui avait raconté le Sénégal, son boulot d'instituteur à Koumpentoum, petite ville de brousse au sud-est du pays. Il lui avait expliqué que lorsqu'il n'y a plus eu d'argent pour financer l'école, il a été obligé de tenter sa chance en France. Louise écoutait, bercée. Quelques minutes de répit dans sa vie de peur et de haine. Il a son charme, Cheikh, s'était-elle dit. Celui des conteurs à la voix douce, qui transporte au-delà des océans. Un visage fin, sans âge. Elle a accepté son baiser. Il a insisté pour lui donner de l'argent contre ses faveurs. Depuis, Louise a développé un petit commerce. Il y a eu deux Allemands de passage. Bulent, le turc. Et Cheikh.

– Dans tes veines coule la mélancolie, enfant du Bon Dieu. Tu n'es pas née triste, n'est-ce pas ?

Cheikh s'assoit sur le lit aux côtés de Louise. Il lui prend la main. Non elle n'est pas née triste. Elle l'est devenue à cause d'un salaud. Louise ne cherche pas à se dégager. Son jeans lui serre les cuisses. Elle a honte de cette deuxième peau flasque qui lui colle depuis qu'elle s'est laissé pousser une carapace. Le soleil est pile dans l'axe de la fenêtre désormais. Louise cligne de l'œil. Soudain, la lumière blanche l'agresse. Flash. Blanc comme la grosse Mercedes qui monte sur le trottoir. Tétanisée, elle crie. Les sons sortent-ils ? Elle ne sait pas. Elle est coincée. Fragile. Ils la poussent brutalement sur la banquette. Offerte au prédateur. Il la brutalise. Il remonte sa jupe. Il fait nuit. Elle se sent fouillée, mutilée. Les sons ne sortent toujours pas, elle a bien compris qu'elle était prise au piège.

– Je vois dans tes yeux que tu as mal...

La voix douce de Cheikh sort Louise de ses cauchemars. Elle pose la tête sur son épaule puissante. Cheikh dirige sa main, doucement, vers son pantalon. Elle ne réagit pas. Dans son cerveau, les mots, durs, qu'elle se répète si souvent.

« Je suis une salope puisque j'ai été violée. Louise, tu es coupable. »

Ce corps, elle n'a pas su protéger. Alors elle s'en fout. Trop tard. Louise la coupable n'a plus d'intimité. Le sexe n'est plus qu'un jeu malsain. Sans plaisir. A part celui de souiller là où tout s'est cassé. De se punir.

Cheikh défait sa braguette, sort son énorme membre et guide Louise.

– Juste caresse-moi. Et je te donne trente euros.

Louise se laisse faire.

– Je suis le roc qui te protégera. Ton malheur, petite fleur, je vais le renvoyer vers les ténèbres !

Cheikh lui embrasse la joue. Elle est devenue une proie plus facile. Addiction. Elle n'arrive pas à se reconstruire. Seule, c'est impossible. Elle masturbe Cheikh, doucement.

– Chez moi, poursuit le Sénégalais en chuchotant pour ne pas interrompre Louise, on dit que dans la souffrance, l'orphelin tourne son cœur vers Dieu. Tu es orpheline de cœur, petite fleur. Je vais demander à mon frère de marabouter ta maman. Que la vie revienne en elle.

Soudain, Louise se fige quelques secondes. A-t-elle eu tort d'avoir parlé de sa mère à Cheikh ? Elle ne sait pas. Elle se concentre sur son geste de va-et-vient, mécanique, que le grand black semble particulièrement apprécier. Il prend sa main et accélère le mouvement. Elle ferme les yeux, caressée par le soleil. Pas un bruit dehors, ni dans les escaliers. Comme si la chaleur avait assommé toute vie extérieure. Seul le souffle court de Cheikh brise le silence. Louise se laisse faire. Au bout de quelques secondes, elle sent le liquide chaud couler le long du sexe gigantesque de Cheikh. Elle enlève sa main et s'essuie dans le drap marron. Cheikh sourit maladroitement. Il se lève du lit, sans un mot, se reboutonne fébrilement, fouille dans sa poche et tend trente euros à Louise. Elle baisse les yeux mais se saisit de l'argent. Les mots qu'il a prononcés sur sa mère la perturbent encore. Mais aucun marabout ni personne ne la sauvera. Elle est comme morte elle aussi.

Louise passe sa main sur ses cheveux ras. Son tee-shirt vert colle à sa peau blanche. Elle veut se doucher. Mais elle s'allonge, sur les draps tachés et humides. Elle ferme les yeux.

En quelques minutes, l'oreiller est trempé de larmes.

Chapitre 7

Jacky Deviller regarde machinalement sa montre en descendant le grand escalier de la mairie. Il se dit qu'à cette heure-ci, sa fille Lisa monte dans son train, à Aix. Il aurait pu l'appeler, ce matin pour vérifier qu'elle s'était bien réveillée. Il suffit d'un acte manqué... Car il sait bien qu'elle vient à contre cœur. Que le fil est cassé. Depuis qu'il s'est séparé de la mère de Lisa, il y a presque cinq ans, les relations sont très compliquées. Ou inexistantes, c'est selon. Il arrive encore à la convaincre de venir à Romorantin deux semaines chaque été. Mais c'est surtout parce qu'un juge l'a décidé, dans le cadre de la garde alternée.

Et encore, Lisa a retardé l'échéance. Elle profite de la halte à Clermont-Ferrand pour passer deux jours chez une copine rencontrée sur les réseaux sociaux. Elle n'arrivera qu'après demain à Romorantin. Perdu dans ses pensées, Deviller est surpris par la chaleur. Toujours plus intense. Cela fait pourtant plusieurs jours que le soleil brule. Canicule, encore. Les infos ne parlent que de ça. Les régions Centre et Ouest de la France n'ont jamais connu des températures aussi élevées depuis très longtemps. Une chappe de plomb bouillant. En se dirigeant, à pied, vers la place du Vieux Marché, Deviller appréhende l'arrivée de Lisa. Maintenant qu'elle est adolescente, elle doit se poser des questions sur son départ précipité d'Aix. A-t-elle entendu des rumeurs. Sait-elle ? Pourquoi est-elle si froide, si distante, depuis cinq ans qu'il a quitté Aix ? Est-ce simplement parce qu'à l'adolescence, le père n'est plus le héros de sa fille ? Ils partageaient tant, quand elle était enfant. Il l'aidait dans son travail scolaire, lui apprenait à cuisiner les pâtes au pistou, l'emmenait se baigner dans les calanques de Marseille à moins d'une heure de route d'Aix. Avec la mère de Lisa, ils étaient très unis. Ils se disaient tout. Mais depuis cette nuit-là où il a tout avoué, il est presque certain d'avoir entendu un grincement dans les escaliers. Alors que sa femme s'effondrait de douleur sous ses yeux, Lisa était cachée, en haut des marches. Elle n'était encore qu'une enfant. Qu'a-t-elle entendu ? Il y repense souvent et à chaque fois, c'est comme un couteau qui s'enfonce et racle son cœur. Elle a compris. Parfois il en est persuadé.

Machinalement, Jacky Deviller cherche de l'ombre sur le trottoir de la rue de la Sirène. Encore cinquante mètres. Retrouver le sourire. Sa répartie, son sens de la flatterie, quelques bons mots. Tout cela reviendra mécaniquement. Il n'est pas inquiet. C'est maintenant. La Place du Vieux Marché est animée comme rarement. Il respire à pleins poumons les odeurs de viande cuite. Les commerçants interpellent les badauds. La Fête des Saveurs bat déjà son plein.

– Bonjour monsieur le maire !

Des enfants courent en l'esquivant. Il reconnaît la plupart des visages. Pas tous. La capitale de la Sologne attire de nombreux touristes.

– Alors Dédé, cette tarte Tatin ? Tu l'achètes toujours au même endroit ? Elle a bien décongelé ce matin ?

Deviller change de peau. Il chambre le meilleur pâtissier de la ville qui a installé son stand sous un grand chêne. Il y a déjà du monde pour déguster la spécialité locale faite maison. La tarte Tatin de Dédé est célèbre bien au-delà de la Sologne. Même jusqu'à Nantes. Les gens sourient à la blague de Deviller.

Ses yeux se perdent dans la campagne qui défile. Dans ses mains, son portable. Elle a envoyé des messages, pour tuer le temps. Elle attend des réponses. Elle sourit intérieurement en pensant à Franck. Elle l'imagine danser sur son cheval, souriant, là, dans le grand champ traverser par le train. Elle l'imagine tout le temps. Sa seule raison de venir à Romorantin. Et certainement pas son père. Sur la banquette voisine du train qui l'emmène de Clermont-Ferrand à Romorantin, un homme d'une cinquantaine d'années lui jette des regards furtifs. Lisa Deviller a croisé son regard, il y a quelques minutes. Il la dégoûte.

« Qu'est-ce que tu as à me mater, gros porc ? Tu sais que je suis mineure ? Va te branler aux chiottes ! »

Elle ne dira rien. Par respect pour la femme du type, assise sagement à ses côtés et qui somnole. Elle ne doit plus le satisfaire depuis longtemps. Alors une blonde de seize ans, aux yeux verts provocants, ça l'excite, forcément. Lisa sait qu'elle est belle. Mais une adolescente peut-elle ignorer quelle plaît ? Peut-elle faire exprès de ne pas voir tous ces regards sur elle, toute la journée ? Dans la vitre crasseuse du train, elle admire son reflet. Soudain, elle sursaute. Son portable a vibré. Enfin une réponse.

« Tu vas où ? »

Le téléphone en équilibre au bout des doigts de ses deux mains, elle écrit à toute vitesse avec les pouces. Mêler sa meilleure amie à ses malheurs.

« A Clermont chez une copine. Que deux jours. Après, Romorantin, chez mon père. Vais me faire chier. Et toi ? »

Un train croise le sien dans un bruit assourdissant. En quelques secondes, la campagne, nue, à nouveau. Le portable reste muet. La réponse tarde. Lisa jette un coup d'œil au type de la banquette d'à côté. Il ne la regarde plus, plongé dans un magazine. Elle est presque vexée. Il a l'âge de son père. Elle a souvent entendu sa mère dire qu'il aimait se retourner sur les jolies femmes. Elle était jeune, elle ne comprenait pas tout. Mais son papa était le maire. Et les chefs des villes, tout le monde les reconnait et les aime. C'est ce que ses parents lui disaient, quand elle avait dix ans.

Et puis… Elle ne veut pas y penser. Elle ne sait pas si ce qu'elle a entendu est vrai. Elle ne sait pas si elle a compris. Elle ne veut pas savoir. Et le portable vibre. Un message. Tant mieux.

« Dans les Lande »

Lisa est persuadée qu'il y a un « s » à Landes. Peu importe. Elle n'a pas choisi sa meilleure copine pour ses talents d'écrivaine. Elle relance.

« A Romo, vé retrouver mon mec. Le mono d'équitation. Trop bô ! »

Lisa sourit. Elle se souvient qu'elle avait montré une photo de Franck à sa copine qui n'avait pu retenir un sifflement d'admiration. Un message arrive en même temps. Cela va l'occuper jusqu'à Clermont-Ferrand.

« Ya la piscine au moins dans la barak ? »

Lisa hausse les épaules.

« Mon père a dû me trouver une occupation. Jte parie qu'il va me proposer de faire serveuse le soir pour gagner du fric. J'ai le seum. »

En attendant la réponse, elle se prend en photo. Ses longs cheveux blonds tombent en cascade sur ses épaules bronzées. Elle se mord ses lèvres roses pour bien montrer à ses copines son angoisse avant ces vacances à Romorantin. Deux jeunes hommes lui sourient en se dirigeant vers la voiture-bar, juste derrière son compartiment. En voyant leur clin d'œil complice, elle rougit légèrement. Elle envoie sa photo.

« Tu as déjà couché avec le keum ? »

Lisa espérait cette question. Pour répondre oui et faire sa grande. C'était l'année dernière, dans une grange du centre équestre, à quelques kilomètres de Romorantin.

« Yes ! Trop bien ! »

Evidemment, son père ne l'a jamais su. Elle se souvient d'avoir échappé à sa vigilance cette nuit-là. S'il lui était arrivé quelque-chose, il s'en serait voulu toute sa vie. Elle sait qu'il l'aime. Qu'il regrette d'avoir fait exploser le cocon familial. Mais il n'est plus son héros. Le fil est cassé. La plupart de ses copines sont encore très proches de leur père. Elle les envie. Souvent, elle l'appelle Jacky et plus papa. Elle sait qu'il souffre. Mais il a déconné. Enfin, elle n'en est pas sûre. Elle était petite. Plutôt que la douleur de ses doutes, Lisa préfère la vision de la campagne jaunie. Le train ralentit. Des vaches sont allongées paisiblement. Une gare, bientôt, annonce le contrôleur. Elle pourra regarder les gens sur le quai. Et penser à autre-chose. Elle plisse ses yeux verts et secoue ses cheveux blonds. Car le type d'à côté a de nouveau jeté des coups d'œil furtifs. Moins fréquents car sa femme ne somnole plus.

– Messieurs, mesdames, un peu de silence…

Jacky Deviller, élégant dans un costume de toile beige, domine la place du Vieux Marché, debout sur une estrade. Chemise parfaitement repassée, sourire éclatant, à l'aise, il interpelle la petite centaine de curieux. Des touristes en short, le visage rougeaud, qui tiennent leurs enfants par la main, des petits vieux ravis de voir le maire de près, quelques promeneurs égarés et, comme à chaque sortie de Deviller, une partie du personnel municipal qui vient donner de la solennité à l'instant.

Louise l'observe, à quelques mètres. A moitié cachée derrière un arbre. Les mains dans les poches de son k-way, pour cacher ses tremblements, malgré la chaleur intense.

C'est aujourd'hui ou jamais. Mais elle a peur, Louise. Seule, si seule.

– Comme tous les 6 août, Romorantin est en fête. En plus, le soleil est de la partie ! Nous profitons de nombreux touristes pour présenter les spécialités de notre belle Sologne. Non, nous n'avons pas la mer. Ni la montagne. Non, messieurs dames, ne partez pas ! Car nous avons bien mieux !

Deviller, bateleur, surjoue. Il fait de grands gestes, prend le public à témoin, ajoute une touche d'humour. Quelques rires fusent. Le maire a ses fans. Pari déjà réussi : l'assemblée est à l'écoute. Elle l'a déjà croisé en ville mais là, elle peut le regarder avec toute sa haine. Mais il est roi dans la ville. Louise se sent trop faible. Elle n'obtiendra même pas d'attention, encore moins des regrets. En admettant même qu'elle puisse lui adresser la parole. Elle avait déjà essayé, le 14 juillet. Sans succès. Elle sort les mains de ses poches. Les essuient sur son jean.

« Il le faut, Louise…. Pour toi… »

Elle ne croit même pas en ce qu'elle se dit. Elle est morte. Plus d'orgueil, plus d'égo. Elle ne pourra pas.

Une dizaine de stands forment un U sur la place, animée et colorée comme un dimanche matin. Les artisans en tablier blanc, à l'ombre des auvents, attendent sagement avant de proposer leurs produits à goûter.

– Il y a bien sûr le miel de Sologne, l'un des meilleurs de France, n'ayons pas peur de le dire ! Nos apiculteurs sont ici, ils vous attendent. Sans leurs abeilles, bien sûr…

Deviller fait une pause, sûr de son effet. Nouveaux sourires. Les vieux, venus exprès, sont sous le charme. Plusieurs personnes s'approchent de la place du Vieux Marché déjà bondée, attirés par le bruit. Un employé municipal fait la claque, avec de courts applaudissements à chaque bon mot. Deviller lui indique d'un signe, faux modeste, d'en faire un peu moins.

– Et qu'a t-il de plus que les autres ? Figurez-vous, Messieurs, mesdames, qu'il est un peu plus fort, qu'il a plus de goût. Et vous verrez par-vous-mêmes, la texture est aussi plus agréable…

Le soleil tape sur le bitume. Des enfants, impatients, ont lâché les mains de leurs parents et courent entre les stands.

– Et la tarte Tatin ? Vous saviez, ça ? Mais oui, c'est une

spécialité de chez nous !

Louise a abandonné. Le plus humiliant, c'est qu'il ne doit même pas se souvenir de cette nuit-là. Il a peut-être même recommencé avec une autre. Louise regarde autour d'elle. Peut-être même qu'elle est venue, elle aussi, se venger ou seulement espérer un mot de compassion. Un « je t'ai aimé… »

La plupart des jeunes femmes, accompagnées de leur compagnon, sourient ou donnent à boire à leur enfant. Pas de fille violée, brisée, ici. Louise est seule. Elle recule, prend une photo en plan large de la place du Vieux Marché.

– Les asperges de Sologne…

Elle n'écoute plus les boniments du maire. Elle doit encore rester pour recueillir quelques témoignages, puis faire encore deux ou trois clichés de badauds en pleine dégustation avant de rentrer au bureau taper ses deux feuillets. Le rédacteur en chef adjoint aura tout avant 17h. Elle essuie ses mains sur son tee-shirt vert puis se touche le crâne, pour sentir ses cheveux rêches comme un paillasson.

– Merci de votre attention et profitez de nos beaux produits !

Louise, écœurée, entend quelques applaudissements à destination de Deviller, tout sourire, fier de son effet. Eblouie par le soleil, elle sort son bloc-notes et s'approche d'un jeune apiculteur aux cheveux longs emprisonnés dans une natte. Devant lui, des pots de miel de toutes les tailles. Quelques prospectus avec en photo un homme caché par un masque et affairé au-dessus d'une ruche.

Louise enclenche la touche Play sur son portable pour lancer l'enregistrement sonore puis le range dans la poche du haut de son k-way.

– Bonjour ! Je travaille à la NR. Vous pensez que les produits de Sologne sont encore méconnus, en dehors de la région ?

La place du Vieux Marché s'est remplie. Un petit nuage blanc masque le soleil. La chape de plomb est à peine moins lourde. Les conversations reprennent. Le jeune apiculteur sort quelques banalités.

« C'est exactement ce que je veux entendre...» pense Louise.

Elle laisse l'homme au chapeau de paille terminer ses explications, griffonne en même temps sur son calepin. Le bruit de fond l'apaise. Les gens vont, viennent, sans même la voir, excités par l'une des rares activités locales. Dans cet anonymat, elle se sent invisible, cachée.

Soudain, elle sent une main qui se pose sur son épaule. Elle se retourne. Se fige. Glacée. C'est comme un uppercut qui détruit son visage trop mou. A quelques centimètres, le sourire de l'homme est un choc d'une violence inouïe. Les images défilent à une vitesse folle. Il la bouscule, sur la banquette. Elle crie, elle pleure. Grosses mains fermes sous sa robe. Sa chair est molle, il rentre, il tue son enfance. Les souvenirs se bousculent tellement vite ! Elle entend une voix, la sienne, dans sa tête.

« Louise, tiens debout ! »

Jacky Deviller a un léger mouvement de recul.

– Excusez-moi, je vous ai fait peur ?

Louise tente de se calmer. Il ne l'a pas reconnue, elle en est persuadée. Comment aurait-il pu ?

– Bonjour mademoiselle. Jacky Deviller, maire de Romorantin. Vous êtes bien la journaliste de la NR ? Je n'ai pas encore eu l'occasion de me présenter... Vous avez quelques minutes ?

Louise est en nage. Ses yeux se plissent au soleil blanc. Elle remercie une ombre, celle de l'apiculteur qui ne la regarde déjà plus. Elle a fini son interview ? Elle ne sait plus. La foule l'oppresse, sur cette place. Elle a l'impression qu'ils sont des millions. Se raisonner. Se calmer. Il est là. Face à elle. Cinq ans qu'elle y pense. Cinq ans qu'elle ne sait pas comment elle réagira. Cinq ans qu'elle n'a plus de forces.

Deviller paraît totalement naturel.

– Vous n'aviez jamais travaillé ici, avant ?

Louise respire. Ses yeux sont fuyants. Cet homme, en face d'elle l'a-t-il aimé, il y a cinq ans ? Ne peut-il pas le lui dire ? C'est après cela qu'elle court, depuis si longtemps ! Un mot, un seul... Même plus d'excuse, c'est trop tard. Mais juste un « Tu n'étais pas une chose. Moi l'adulte, toi l'adolescente. Un amour impossible... »

Louise supplie. Qu'il sauve ce qui peut encore être sauvée en elle. Son statut d'être humain. Mais il ne sauvera rien. Deviller fait des grands gestes. Tend les mains vers les étals, les produits du terroir, salue les Romorantinais. Parade.

– Vous nous ferez un beau compte-rendu, n'est-ce pas ? Cette petite fête est importante pour les habitants de la ville ! Et n'oubliez pas de préciser à quel point le maire mouille la chemise ! Comment vous appelez-vous ?

Louise ne respire plus. Lui donner son vrai prénom ? Cinq ans après, il a dû oublier. Elle n'existe certainement plus pour lui. A-t-elle seulement existé, en dehors de ces dix minutes, cette nuit-là ?

– Louise...

Soudain, il la prend par le bras.

– Louise, j'ai un service à vous demander.

Si, il l'a reconnu ! Il joue avec ses nerfs. Deviller sourit. Louise à un mouvement de recul. C'est pourtant ce qu'elle est venue chercher.

« Dis-les-moi, ces quelques mots. Même si c'est un mensonge. J'ai besoin... »

Le soleil l'abrutit. Louise sent qu'elle chancelle.

« Il ne t'a pas aimé Louise. Ressaisis-toi ! »

Elle s'entend, dans son crâne. Son bourreau relâche son étreinte. Il ne serrait même pas. Mais pour Louise cette main est un étau.

– Rassurez-vous, c'est très simple, dit Deviller. J'aimerais que vous preniez ma fille de seize ans deux ou trois jours avec vous pour lui faire découvrir votre beau métier. Je ne sais pas quoi en faire. Lisa, elle s'appelle. Elle arrive après-demain pour voir son vieux père mais je voudrais qu'elle se dégourdisse un peu.

Louise respire. Elle ne s'attendait pas à ça. Elle n'ose toujours pas regarder les lèvres, les yeux de l'homme. Un fauve. Son tueur. Tueur de son corps, de son cocon familial, de son âme et de sa vie. Qui lui demande de s'occuper de sa propre fille ! Louise a envie de rire, d'un rire nerveux, violent comme une vomissure. Elle pense à son père. Mais il ne volera pas à son secours. Il ne l'a même pas défendue quand c'est arrivé. Pire. Comme il était en affaires avec Deviller, il l'a empêchée de porter plainte pour protéger son fric, ses contrats avec la mairie d'Aix, sa réputation. Corrompu jusqu'à la honte. Pourtant elle espère un miracle. Qu'il apparaisse tout à coup sur cette place du Vieux Marché où tout tourne si vite. Pour la sauver. Deviller est en bras de chemise, la veste négligemment jetée sur l'épaule. Il ne l'a pas reconnu, elle en est certaine désormais. Il lui demande un service, lui qui a détruit sa jeunesse, sa famille.

« Dis-moi au moins que … »

Louise tremble. La chaleur l'étouffe. Les cris des enfants qui courent au milieu du marché l'agressent. Deviller insiste.

– Cela ne vous ennuie pas ? Si vous le souhaitez, je peux appeler personnellement le directeur de la NR que je connais bien…

Le message est clair. Pas le choix. Deviller la fixe. Ces yeux froids. Il est de cette race de ceux qui se servent des autres. Tout leur appartient.

– Inutile de le déranger..., dit Louise en tentant de garder un peu d'aplomb.

Le regard de Deviller s'adoucit. Le maire affiche son sourire électoral. Celui des marchés ou des Ehpad. Celui pour les gens qui votent.

– Très bien, Louise. Merci…

Deviller tend sa main puis serre d'autorité celle de Louise. Elle n'a aucune porte de sortie. Il ne lui reste qu'à obéir.

– Vous…

Les mots ne sortent pas. Louise s'en veut. Elle ne peut pas le laisser partir ! Mais elle n'a pas la force. Deviller fait un signe à un couple de vieux qui attend poliment, à quelques mètres de là. Louise ferme les yeux une seconde, pas plus.

« Ta haine, Louise, elle est où ? »

Louise se passe la main dans ses cheveux. Sens la cicatrice, en haut du crâne. Son tee-shirt vert est trempé de sueur. Autour d'elle, les couleurs, les odeurs.

Le maire est encore là, tout près. Il serre les mains des Romorantinois qui se pressent, se bousculent place du Marché. C'est la fête de la ville. Les retraités ont coché ce rendez-vous dès le début de l'année. Les jeunes trainent, goguenards, en faisant semblant de se moquer des traditions de vieux dans cette ville morte. Mais ils n'ont surtout rien d'autre à foutre.

Louise ne voit plus, n'entend des bruits sourds. C'est maintenant. Maintenant qu'elle doit réparer sa vie.

– Monsieur Deviller ?

Le maire se retourne, visiblement surpris.

– Oui, Louise ?

Elle est rouge. Elle tremble. Elle ne peut plus reculer.

« S'il te reste un petit bout de respect pour toi-même… Putain ! » se hurle-t-elle dans la tête.

Les mots cognent. Il est là, en face.

– Votre fille, Lisa, a seize ans, n'est-ce pas ?

Deviller sourit.

– Oui, c'est ça. Elle est jeune, mais elle ne vous gênera pas dans votre quotidien. Au moindre problème, appelez-moi… Je demande à mon chauffeur de vous donner mon numéro…

Deviller se retourne, cherche sur la place…

– Anicet ?… Excusez-moi, je ne connais pas mon numéro par cœur…

Deviller fait signe qu'on verra ça plus tard et s'apprête à tourner le dos à Louise.

Maintenant !

– Seize ans, c'est le bon âge pour se faire violer…

Cette fois, les mots, elle les a gerbés, expulsés comme une boule de pus qui sort de son corps en suintant. Le soleil la brûle jusqu'au sang. Deviller se fige. Une seconde. Il regarde autour de lui. Personne ne prête attention à son tête-à-tête avec Louise. Il ne vacille pas. Juste un voile de doute sur son visage. Très fugitif.

– Pardon ?

Louise serre les poings. Louise est forte. Elle s'était jurée, ces derniers jours, de trouver le courage nécessaire le jour où elle aurait son bourreau en face d'elle.

– Il y a cinq ans, à Aix. C'était moi, la gamine blonde, sur le trottoir, cette nuit-là. J'ai bien changé, hein ?

Une phrase dans un souffle. Puis elle pleure. Son cœur bat à se décrocher. Deviller a un moment d'hésitation. Très vite, il se ressaisit. Sur son visage, un rictus. Il prend violemment le bras de Louise, l'emmène à l'écart.

– Pourquoi tu es venue ?

D'un geste brusque, Louise se dégage. Essuie ses larmes de la manche de son tee-shirt vert.

– Parce que je n'ai plus rien à perdre. Depuis cinq ans, j'y pense. C'est en vous revoyant que j'aurai le courage de porter plainte !

Louise a honte d'être devenue laide. D'imposer ce visage, cette graisse à Deviller qui tente de rester stoïque.

« Tu as rêvé, Louise, il ne te dira jamais qu'il t'a aimé », pense-t-elle.

Même pas pendant un instant de faiblesse. C'est tout juste s'il a tiqué. Comme s'il s'était préparé à ce que Louise déboule, un jour. Il ne l'a donc pas oubliée. Elle en serait presque soulagée s'il n'avait pas pris, soudain, cet air mauvais, en s'approchant de son visage. Louise a un mouvement de recul. Autour d'elle, les anonymes l'ignorent, comme s'ils avaient pris fait et cause pour leur maire. Deviller les tient, tous. Le brouhaha l'agresse.

– Cela te servira à quoi ? Tu n'es donc pas au courant ?

Elle ne comprend pas. Au courant de quoi ? Il cherche à l'embrouiller. Comment peut-il être aussi sûr de lui ? Elle ne fait pas le poids. Elle n'est rien.

– Non, visiblement, tu ne sais pas. Pense à ta mère. En attendant, je te confie une jeune fille qui n'a rien à voir dans cette histoire.

Deviller se retourne, s'en va en faisant sèchement signe à Anicet, qui vient d'apparaitre, visiblement gêné par la scène qu'il a vu de loin. Louise est vidée. Comme morte. Elle ne sait plus si elle a gagné ou perdu.

– Qu'est-ce que je ne sais pas ? Quel rapport avec ma mère ?

Il ne l'entend pas. Louise n'aperçoit plus que des ombres qui s'agitent sur cette place du Vieux Marché. Les odeurs se mélangent, âcres. Les fleurs, les barbecues, les savons, les barbe-à-papa. Elle ne sait pas. Peu importe. Sa bouche est pâteuse. Elle a besoin d'eau. Ce moment, elle l'a tant attendu, tant redouté. Il est passé si vite. Elle essuie à nouveau ses yeux inondés.

– La tarte Tatin ! Un kilo et demi de pommes pour le plus grand plaisir de la famille ! Venez goûter, messieurs dames ! Et vous ne pourrez plus vous en passer, de la Tatin de Sologne !

Les commerçants interpellent les badauds. Louise est presque bousculée. Des hommes, des femmes, des enfants lui passent devant, la contournent, indifférents. Louise entend à nouveau ce souffle qui va l'obséder des jours, des nuits, des semaines, des mois.

« Pense à ta mère. »

Ces mots, coupants comme des lames, qu'il a prononcés avec haine, il y a quelques instants, dans une haleine acide, la hantent. Louise saigne. Partout. Elle vacille. A quelques mètres, un banc. Il reste une place. Elle doit s'asseoir, sinon, elle risque de tomber. Il aura gagné. De toute façon, il a déjà gagné. Louise s'accroche au dossier du banc. Tate sa poche. Sort son portable. Elle reste bouche bée. Presque envie de hurler son soulagement ! L'enregistrement continue ! Elle n'y croit pas. Tout est là ! Elle s'assoit. Tente de se calmer. De raisonner. Elle a donc tout enregistré ? La preuve qu'elle n'espérait même pas ! Et ces derniers mots de Deviller. Ils y sont, forcément

« Pense à ta mère »

Louise ne bouge plus, les yeux qui fixent le bitume. Elle cherche Deviller des yeux en rangeant son portable précipitamment. Qu'il ne l'ait pas vue, stupéfaite avec le portable en main. Il aurait compris. Mais c'est trop gros pour elle ! Qu'est-ce qu'elle va en faire ?

Chapitre 8

De Kerkhove s'approche de l'entrée du box. Franck ouvre la porte basse en résineux.

– Tu es sage aujourd'hui. Tu es beau et fort. C'est moi. Je viens te voir.

Clovis du Rouret est imprévisible. C'est bien pour ça qu'ils ont choisi son box pour cacher la drogue. Car personne n'osera y entrer. Franck flatte sa croupe. Le pur-sang secoue sa crinière.

– Tout à l'heure, je te sortirai. Moi et personne d'autre. Je m'occuperai de toi.

Franck murmure. Ses mains parcourent le corps puissant. Les côtes, l'épaule, le poitrail. Franck a chaud mais il a besoin de ce moment privilégié. Il observe le langage corporel de l'animal. Clovis du Rouret est à l'écoute, détendu. Franck s'approche de son museau, caresse ses naseaux puis s'immobilise face à l'animal et ferme les yeux. Respire à son rythme. De Kerkhove, en retrait, observe, fasciné. Franck a appris, très jeune, à entrer dans une communication silencieuse avec les chevaux à base d'imagerie mentale. Il se sent en osmose avec Clovis du Rouret. Le cheval est calme, penche la tête sur la large épaule du jeune moniteur aux dreadlocks.

– C'est toi le gardien du trésor. Je vais en prendre un peu. Tu m'autorises ?

Franck approche sa main. Clovis du Rouret la flaire. Il caresse son chanfrein de bas en haut. Au bout de quelques minutes, il se dirige calmement vers le fond du box. Dans le coin, deux bottes de paille superposées. De Kerkhove jette un coup d'œil dans l'écurie.

« C'est bon, il n'y a personne »

Franck glisse sa main gauche derrière la paille. Il remonte

une valise noire aux coins usés. Il la pose à plat par terre, à quelques centimètres des sabots postérieurs de Clovis du Rouret, toujours très calme. Il crochète le cadenas. A l'intérieur, des petits paquets hermétiquement fermés avec plusieurs couches de scotch et un vieux sac à dos bleu « France 98 », vide. Il prend deux sachets, les fourrent dans le sac à dos bleu. Il remet la valise derrière les bottes de paille.

– Doux. Je reviens tout à l'heure. Merci mon gardien du trésor.

De Kerkhove ferme le box situé en bout d'écurie. Les deux hommes plongent dans la chaleur presque blanche. Un courant d'air chaud les envahit. Franck tend le sac à dos à De Kerkhove et s'éloigne. Le propriétaire du centre équestre, bermuda bleu et chemise rose trempée de sueur, pieds nus dans des mocassins informes, monte dans une voiturette de golf et roule jusqu'au fond du domaine, le sac à dos à ses pieds. Le centre équestre est en pleine ébullition en ce mois d'août. C'est le moment idéal. Raison pour laquelle il a convoqué les gars d'Orléans à cette période. Ce sont des habitués. Mais la première fois, ils avaient tiqué. Puis ils ont compris. Il y a tellement d'allées et venues, d'activités, que personne ne fait attention à eux. Les chevaux tournent sur le manège extérieur. Marie, la palefrenière, donne d'une voix ferme des conseils aux cavaliers débutants. Une jeune fille en stage d'été pousse une brouette chargée d'orge et de céréales. Elle transpire dans son polo jaune et son caleçon d'équitation. Des enfants gambadent, le visage rouge, une bouteille d'eau à la main. Les arbres offrent une ombre bienvenue sous laquelle des parents ont trouvé un peu d'air.

– Tout va bien, mes enfants ? Les poneys sont gentils ?

Un oui général accompagne la voiturette qui s'éloigne déjà.

« Cet été, les stages d'enfants font le plein comme rarement ! » se réjouit De Kerkhove pour se changer les idées.

Grâce à ses bonnes relations avec les commerçants locaux, il a pu placer des flyers partout en évidence en ville. Le site internet a été modernisé par Franck, qui a décidément tous les talents. Le centre équestre de la Tourelle a même dû refuser du monde le mois dernier, en juillet. Stages enfants et même adultes, débutants ou perfectionnement, saut d'obstacle, randonnée, dressage… Tout est réservé depuis des semaines. De l'autre côté du centre équestre, des touristes qui viennent de visiter les écuries se pressent dans la sellerie. Caché par une haie de thuyas, le parking est bondé. Vans, véhicules particuliers. De Kerkhove a rendez-vous juste derrière. Il immobilise sa voiturette, ouvre une des grilles qui donne sur un petit chemin, le long de la rivière. Au loin, les cris des enfants. Les mecs d'Orléans ont garé leur voiture un peu plus loin et fini à pied. Le sous-bois offre un peu de fraîcheur. Deux types. Un basané, petit. Un gros, à casquette, le visage jovial. Ils se serrent la main.

– Voilà les 20 grammes de coke. Et ce paquet beige, c'est de la résine.

Le gros à la casquette lui tend une liasse de billets. Un peu plus de deux mille euros. De Kerkhove ne vérifie pas. Il a confiance. Les mecs d'Orléans travaillent avec lui depuis plus de trois ans, quasiment tous les mois.

– On est passé devant ton centre équestre. Il y a du monde, les affaires marchent bien, on dirait..., sourit bizarrement le basané.

– Tu sais, c'est cher à entretenir, tout ça, répond tranquillement De Kerkhove.

– Ils sniffent, dans l'équitation ?

– Je ne prends pas ce risque. Je peux ruiner d'un coup ma réputation et même fermer. Non, je bosse qu'avec l'extérieur, ment De Kerkhove.

Malgré une légère bise, il souffre de la chaleur et doit se tenir à la grille. Il n'a toujours pas le courage de commencer un régime.

– J'espère que tu as conscience qu'on est des bons clients !, rigole doucement le gros. Y'a des besoins toute l'année, dans les cités d'Orléans. Normal, ils ne partent pas en vacances.

De Kerkhove commence à s'agiter. Il aimerait bien qu'ils se cassent mais il est trop poli avec ses clients pour le leur faire comprendre. Il suffit d'un promeneur qui emmène son chien se baigner dans la rivière...

– C'est vrai qu'à part à vous, je vends moins en août. Romorantin, ce n'est déjà pas Bogota... Alors imagine l'été, il n'y a plus personne. Mais la fille du maire vient d'arriver. Elle fait souvent des fêtes avec ses potes qui viennent de Paris pour le week-end. Et d'autres fils à papa du coin m'ont envoyé des commandes pour la fin du mois.

Faussement jovial, De Kerkhove sourit en dévoilant ses dents jaunes. Il s'essuie le front d'un revers de main et serre la main au gros puis à l'autre. Il en a déjà trop dit.

– Merci, mec. Fait gaffe à toi.

De Kerkhove fait un signe et referme la grille, soulagé.

– Tu me rappelles dès que tu as besoin. Mon fournisseur retourne en Espagne fin août.

– Ok. Salut.

Les deux types rebroussent chemin vers leur voiture. De Kerkhove attend quelques instants en scrutant le sous-bois. Il entend la voiture des Orléanais qui démarre, puis le silence. Juste le clapotis du cours d'eau, à quelques mètres. C'est l'endroit idéal pour un deal. Sur le retour, il aperçoit Franck, monté sur un alezan noir à l'allure majestueuse.

C'est ce qui s'appelle une bonne journée.

– C'est vendu, patron ?

– Tout s'est bien passé. Merci Franck…

De Kerkhove s'essuie à nouveau le front. Puis il vérifie, dans la poche de son bermuda, son portable. Il l'avait mis sur vibreur pendant la transaction. Lisa, la fille du maire ne l'a pas contacté. Demain, certainement.

Deviller saisit sa veste, vérifie que les clefs de sa Clio sont bien dans la poche gauche. Il ferme la porte de son bureau. Le soleil inonde le hall du premier étage. Il fait encore très chaud aujourd'hui. Il jette un coup d'œil au buste en pierre d'un ancien maire de la ville réélu trois fois. Il se dit qu'il a lui-même de fortes chances d'être élu pour un deuxième mandat, l'année prochaine. Que ce n'est pas ce fantôme surgi de nulle part, hier place du Vieux Marché qui va tout gâcher. Il était en train d'oublier Louise et sa vie d'avant. Et la voilà qui débarque cinq ans après, remue la merde, le menace...

– Anicet, vous tombez bien…

Deviller descend quatre à quatre le large escalier et se dirige vers un black d'une trentaine d'années, visage juvénile, sourire aux lèvres, costume bas de gamme, assis à l'entrée du bâtiment à la recherche d'un peu d'air frais. Tous les jours, il se félicite d'avoir pu convaincre l'opposition municipale de transformer Anicet, agent administratif premier échelon, gentil mais fainéant, en vigile, prenant prétexte de l'état d'urgence décrété en novembre 2015 par le président de la République de l'époque…

– Je n'arrive pas à joindre Jeanne. Si vous la croisez, vous lui direz que je suis allé chercher ma fille à la gare. J'en ai pour vingt minutes.

Tu parles d'un vigile… Un mètre soixante-dix max, maigre, la veste du costume trop grand pour lui qui tombe presque de ses épaules

– Bien Monsieur le maire. Vous saluerez la petite Lisa

pour moi. Enfin, petite. Cela lui fait quel âge, maintenant ?

Deviller presse le pas. Il claque des doigts, la main levée, sans même se retourner.

– Euh... Quinze ! Non, seize ans depuis mars ! Je m'y perds... A tout à l'heure.

Deviller n'est pas dupe. Les Antillais sont fascinés par les blondes. Et maintenant que la petite Lisa est devenue une jolie jeune fille, il faudra le surveiller, le vigile. Les femmes qui travaillent à la mairie sont unanimes : au boulot, elles ne confieraient même pas à Anicet une photocopie. Mais il a son charme... Mince, souriant. Deviller hausse les épaules. Décidément, il a du mal à comprendre les femmes. Pour lui, Anicet ne ressemble strictement à rien... Le maire de Romorantin s'installe dans sa voiture et baisse les vitres en rêvant à un bain de glaçons. Quelques gouttes de transpiration perlent sur son front. La chaleur ou l'angoisse qui le saisit à chaque fois qu'il s'apprête à retrouver Lisa ? De quelle humeur sera sa fille ? Il ne sait même pas comment s'est passé son week-end à Clermont Ferrand chez sa copine. Si elle a bien repris le train, ce matin. Aura-t-il encore un peu d'autorité sur elle ? L'an dernier, déjà, elle n'en avait fait qu'à sa tête. Capricieuse, révoltée.

Il se saisit de son portable dans la poche de sa veste de costume, ralentit pour que le feu passe au rouge. Et fouille dans ses contacts.

– Allô ? Oui, c'est Deviller. Je vais chercher ma fille. Tu m'organises un petit tournoi pour la fin de semaine prochaine ? Comme l'année dernière. Arrange-toi pour que la petite Rivère n'y participe pas. Tu n'as qu'à appeler personnellement quelques gamines classées à 30, 15/5 max, et tu fais un beau tableau à Lisa. Je te laisse, je conduis. Et merci !

Deviller raccroche. L'Entente Sportive Tennis Romorantinais est un club municipal qui vit des subventions de la ville. Le président est aux ordres. L'année dernière, la petite Rivère, 15/1, avait balayé Lisa en finale. Le tournoi était pourtant organisé sur mesure pour la fille du maire. Mais les Rivière, venus pour les vacances, avaient découvert quelques jours plus tôt l'existence de ce tournoi. Pas de chance, la gamine jouait très bien. Après avoir essuyé les insultes de sa fille, Deviller s'était juré que cela ne se reproduirait plus.

Le feu passe au vert sur l'avenue Roger Salengro déserte. Deviller roule doucement. De jolis pavillons sont alignés, murs ocres et briques rouges, volets blancs fermés. Quasiment aucune voiture garée. Juste à côté du bar, l'épicerie est ouverte. Les cageots de fruits sont alignés sur le trottoir. Il s'y arrêtera, au retour, si Lisa a faim. Mais il pense à autre chose, en conduisant machinalement. A cette fille, Louise. Depuis ce matin, il y pense même beaucoup. Rasée, bouffie, il ne l'aurait jamais reconnue. Elle est venue le traquer, jusqu'ici ! Pendant plusieurs années, il avait réussi à l'oublier. Persuadé qu'il avait fait ce qu'il fallait pour qu'elle ne porte pas plainte. Mais il aurait dû se douter qu'un jour, elle le retrouverait. Il se croyait planqué, ici. Hier, place du Vieux Marché à la fête des Saveurs, la rencontre a été brutale. Mais il a réussi à masquer sa surprise. Une très mauvaise surprise. Et il lui a bien fait comprendre pour sa mère. Visiblement, elle n'était pas au courant. Quand elle saura, elle regrettera peut-être de l'avoir fait chier.

Le train entre en gare. Un petit vieux, en tongs, attend, en plein soleil. Un chien renifle les bouts d'herbe pelée derrière une grille qui ne tient plus et ne ferme plus rien. Presque personne dans la gare. Le train vient d'être annoncé.

Deviller se dit que Lisa n'est peut-être pas dedans. Non, elle l'aurait quand même prévenu ! En attendant, il n'a plus envie de penser à cette Louise.

Chapitre 9

Assise sur l'avant-dernière banquette, au fond à gauche du bus, comme chaque jour, Louise réécoute les interviews qu'elle a enregistrées sur son portable pendant la fête des producteurs locaux sur la place du Marché. Il fait déjà si chaud qu'elle a posé son k-way sur le siège d'à côté. Elle a baissé le son du téléphone mais il n'y a pas grand monde dans le bus. Une vieille dame, un type sans âge, une asiatique et son enfant. Sur la banquette de droite, une fille d'une quinzaine d'années qui s'est teint les cheveux en rouge. Louise réfléchit à l'angle de son article qui dépendra de ce que lui a raconté l'apiculteur. Mais elle a du mal à se concentrer. Le soleil, par la vitre, chauffe son visage. Elle attend que l'apiculteur ait terminé. Elle sait très bien ce qui arrive derrière. Elle l'a déjà écouté plusieurs fois pendant la nuit. Mais elle veut s'assurer que c'est toujours là. Qu'après les interviews des commerçants, il a y a bien les menaces de Deviller qui sonnent comme des aveux. Le son est distinct. Un peu de brouhaha, des cris d'enfants. Louise jette un coup d'œil autour d'elle. Dans le bus les passagers semblent ailleurs, somnolant à moitié. Elle place le portable sur son oreille. Soudain, cette voix. Elle serre le poing pour ne pas voir dans sa tête ce visage qui a déjà hanté sa courte nuit. Impossible de l'effacer. Elle a pris un bouquin, vers trois heures du matin. Pour le refermer quelques minutes plus tard.

« J'aimerais que vous preniez ma fille de seize ans deux ou trois jours avec vous pour lui faire découvrir votre beau métier. Je ne sais pas quoi en faire. Lisa, elle s'appelle. »

L'enregistrement est toujours là. Et c'est bien ce qui lui fait peur. Elle ne peut plus reculer. S'il lui reste un peu de respect pour elle-même… Aller au bout. Après avoir a craché sa haine à Deviller. Oui, elle a remué la merde ! Sa merde ! Mais maintenant qu'il sait qu'elle est venue à Romorantin pour le menacer, elle est en danger. Elle retient son souffle.

« Seize ans, c'est le bon âge pour se faire violer…»

Un silence étouffant. A peine deux ou trois secondes.

« Pardon ? »

Louise serre le portable toujours collé à l'oreille. Dans le bus, personne ne la regarde. Le son est faible. Mais elle connaît tous les mots échangés. Par cœur.

« Il y a cinq ans, à Aix. C'était moi, la gamine blonde, sur le trottoir, cette nuit-là. J'ai bien changé, hein ? »

Louise vérifie qu'elle n'a pas manqué son arrêt. La route, devant le bus, est familière. Elle arrive bientôt. Elle aperçoit, dans le rétroviseur, le regard du chauffeur. Doux, apaisant. Puis elle retient son souffle. Cette phrase, que Deviller a prononcée, l'a glacée. Elle n'ose pas la réécouter, une énième fois.

« Pense à ta mère… »

Louise a peur. Elle cherche à nouveau le regard du chauffeur, dans le gros rétroviseur au-dessus du volant. Soudain, la vieille dame qui était assise deux rangées devant elle, se lève pour appuyer sur le bouton "Arrêt demandé". Louise se rend compte, immédiatement, que dans quelques mètres, il y a un rond-point. Elle se souvient que le chauffeur donne souvent un coup de frein brusque à cet endroit. Elle stoppe son enregistrement, pose le portable sur le son k-way et se précipite vers la vieille qui manque de tomber alors que le bus ralentit brutalement.

– Attendez, je vais appuyer pour vous !

Le chauffeur freine. La vieille dame perd l'équilibre. Louise agrippe son bras. La vieille souffle et tente de se raccrocher au siège.

– Vous voulez bien m'aider à descendre. J'ai mon caddie

juste là. Ce matin, je me suis réveillée avec des douleurs aux pieds.

– Accrochez-vous à moi, ordonne Louise.

Dans mon rétroviseur, j'assiste à la scène. Je m'en veux d'avoir freiné un peu fort. Je me gare tout doucement le long du trottoir.

– Arrêt rue des Pommiers !

J'essaie de prendre un ton enjoué comme pour m'excuser d'avoir fait perdre l'équilibre à la vieille alors que je n'y suis pour rien. Je leur dis régulièrement, à mes voyageurs, de ne pas se lever quand je roule. Quand ils sont loin du bouton Arrêt, ils demandent à quelqu'un qui est assis à côté d'appuyer pour eux ! Cela crée du lien social, en plus.

– Merci mademoiselle... dit la vieille en souriant à Louise, gênée de ne plus être capable de se tenir debout seule.

J'actionne l'ouverture de la porte arrière. J'entends Louise demander à la dame d'attendre devant la marche. Je la vois se précipiter pour récupérer son k-way et retourner aider la vieille dame.

– Madame, laissez-moi vous aider. En théorie je descends à la prochaine mais je finirais à pied. C'est celui-là, votre caddie ?

Il n'y en a qu'un, de caddie, dans le bus. J'ai envie de lui dire, à la journaliste, que oui, c'est celui-là. Je le sais, je les compte. Car il faut qu'il soit tous alignés dans un coin pour pas gêner la circulation dans le véhicule. Je suis responsable du confort de mes passagers. Louise, le caddie dans la main droite, soutient la vieille dame et l'aide à rejoindre le trottoir. Je vérifie que je peux actionner la fermeture des portes arrière. Je me persuade que tout cela n'est pas ma faute. Demain, je dirai à Louise qu'elle s'est montrée très serviable. Oui, serviable, c'est bien le mot. J'espère qu'elle me sourira. Elle a un sourire splendide. Je ne comprends pas pourquoi elle ne s'arrange pas un peu. Et pourquoi elle se tond ! Du coup, je suis pressé d'être demain. En attendant, je sifflote. La bise qui passe par les vitres du bus n'est pas encore brûlante. Je plisse les yeux à chaque rayon du soleil qui troue la rangée d'arbres de la rue du Prêche. Parfois, je me dis que je pourrais les fermer tout le long du parcours, mes yeux. Je connais la ville tellement bien. Les rues, les places handicapées le long des trottoirs étroits, les ronds-points, les commerces. Je me souviens de tous ceux qui ont fermés et ont laissé, à la place, des bâtiments murés. Ma ville meurt. Il n'y aura bientôt plus de boulot. Et si j'essayais de trouver une place de chauffeur aux bus municipaux de Tours ? Ça bouge, à Tours. Ou Blois. Ma mère peut demander à Deviller ? Mais il ne voudra jamais.

– Excusez-moi…

Je sursaute. J'évite de freiner. On ne parle pas au chauffeur, surtout quand il pense à sa vie en impasse ! Je tourne la tête. Debout, se tenant à la barre verticale juste à côté de mon siège, l'adolescente aux cheveux rouges.

– Mademoiselle, restez à votre place, s'il vous plaît. Si je dois faire un écart, vous risquez de perdre l'équilibre !

J'élève un peu la voix. Je me la joue chef du bus. C'est un peu le cas, d'ailleurs.

– C'est par rapport à la fille qui est descendue avec la vieille dame…

L'adolescente a les yeux bleus et une chemise blanche trop grande pour elle. Un léger rictus plisse sa lèvre quand elle parle. Pourquoi n'est-elle pas loin, en vacances, avec ses parents ? Peut-être qu'avec ses cheveux rouges, ses parents n'ont pas voulu l'emmener…

« T'es con », me dis-je à moi-même.

Car peut-être et même certainement que la famille de cette fille est pauvre. Et on est justement de la même famille. Les Transparents. Et là, cette fille aux cheveux rouges de ma famille des Transparents me parle de ma copine journaliste.

– La jeune fille rasée ? Oui, je vois ! Et ?

– Elle a oublié son portable sur la banquette...

L'adolescente aux cheveux rouges me tend un téléphone. Je regarde la route puis me tourne pour saisir l'appareil que je dépose dans le vide-poche.

– Je vais le lui rendre. Merci mademoiselle. Retournez-vous asseoir.

Ce n'est pas la première fois qu'un ou une étourdie oublie des affaires dans le bus. Mais cette fois, je sens un frisson sous ma chemise déjà mouillée par la transpiration. Cette fille, ce mystère... Je réfléchis à toute vitesse. Comment provoquer un rendez-vous ? Je ne veux pas attendre demain matin, qu'elle reprenne mon bus. Et si je me présente à son journal, cet après-midi ? Cette fille me perturbe.

Louise monte à pieds l'escalier du petit immeuble de bureaux ou est installée la rédaction de la Nouvelle-République. Personne encore. Tant mieux. Il est encore tôt, ce matin. Elle doit compléter un article « froid », qui sera publié à la fin du mois. Puis passer un coup de téléphone à la base de loisirs pour prendre rendez-vous et trouver son interlocuteur en vue de son prochain article. Les vitres du bâtiment son baignées de lumière. Le silence la rassure. Apaisée, Louise prend possession des lieux. Quand il y a du monde, ici, elle se faufile, se cache, économise ses mots. Ce matin, elle a le temps. L'espace est à elle. Elle peut bouger, regarder, parler, même, si elle veut. Personne ne la jugera, ne la regardera, ne l'interpellera. Quelques minutes, peut-être une demi-heure de répit. Louise sourit. Le bureau du pigiste sports est un capharnaüm indescriptible. La pile des exemplaires du journal L'Equipe menace de s'effondrer. Sous des feuilles volantes, un casque branché à l'ordinateur. Un paquet de bonbons, des gobelets vides… Une belle auréole, certainement due à un café renversé. Elle ne pourrait pas travailler dans ces conditions. Sa collègue d'en face a oublié sa veste qui pend sur le dossier de la chaise. Les murs sont nus, au blanc irrégulier. Louise jette un coup d'œil vers le couloir. Bureaux vides, portes fermées. Notamment celui du rédacteur en chef adjoint. Le soleil ne s'est pas encore engouffré jusque-là. Sur la petite table basse, pour accueillir les visiteurs, un exemplaire de la NR de la semaine dernière. Elle reconnaît la photo du centre-ville de Tours. L'armoire à archives ne ferme pas. A l'intérieur, elle se dit fièrement qu'elle y a laissé une trace. Un rapide calcul. Louise a publié entre trois et cinq articles depuis début juillet. Soit cinq semaines. Donc une vingtaine d'articles. Sans signer de son nom, malheureusement. Que ses initiales. Quand elle a demandé cette « faveur » au rédacteur en chef adjoint, dès son premier jour, il a été très surpris. Les jeunes journalistes, en stage d'été, sont normalement ravis d'avoir leurs premiers articles signés. Ils scannent la version numérique et l'envoie à la famille, se constituent un press-book pour leur futur employeur, à la sortie de l'école. Pas Louise Durand. Ou plutôt LD. Elle a prétexté un imbroglio, soi-disant qu'elle devait bosser dans un autre journal et a changé d'avis au dernier moment pour venir à Romorantin. Une explication fumeuse que le rédacteur en chef adjoint n'a absolument pas crue. Elle l'a vu dans ses yeux bleus, cerclés de petites lunettes. Il a dû penser qu'elle avait honte de travailler pour la NR. Mais elle ne pouvait pas lui donner la vraie raison. Impossible, évidemment, de raconter la vérité. Jacky Deviller, salaud de prédateur l'avait peut-être oubliée, mais en retombant par le hasard d'une lecture dans le journal, il aurait fait le rapprochement. Louise tire machinalement sur les manches de son tee-shirt vert comme pour recouvrir la peau blanche de ses bras. Elle a un coup de fil à passer. Elle s'assoit devant un bureau vide, à la place du secrétaire de rédaction qui ne viendra que cet après-midi mettre en page la maquette du journal de demain. Elle écarte légèrement un dossier et privilégie le téléphone fixe. Pour ne pas utiliser son forfait. Elle cherche son portable dans sa poche car elle avait pris soin, il y a deux jours, d'enregistrer les coordonnées de la base de loisirs.

« Putain... »

Pas de portable. Louise s'agite, fouille à nouveau dans la poche du k-way. Mais il n'y a qu'un vieux kleenex. Rien dans les poches de son jean trop serré. Elle pourrait à peine l'y glisser. Il est tombé sous le bureau ? Rien non plus. Nerveuse, elle cherche du regard tous les endroits où elle a déambulé, ce matin. Le pigiste sports, lui, s'y retrouve toujours dans son bordel et elle, Louise, réussit à perdre son portable en quelques minutes ! Elle souffle, s'énerve, se frotte les mains sur son tee-shirt vert avant de se rendre à l'évidence. Elle a dû l'oublier dans sa chambre ce matin. Du plat de la main, elle se tape le front en soupirant.

« Quelle conne ! »

Louise ferme les yeux et tente de réfléchir. Elle est obligée de rentrer. Soudain, elle se souvient d'avoir écouté ses interviews dans le bus. Elle avait fini celle de l'apiculteur. Puis elle a laissé défiler l'enregistrement. Une énième fois. Frissonnant, encore, aux mots de Deviller. Oui, dans bus, elle en est certaine ! Elle a même baissé le volume pour que les autres voyageurs n'entendent pas. « Toi qui m'as violée » en dolby surround à plein tubes dans un bus municipal, cela aurait eu de la gueule ! Elle se rassoit, prend son visage bouffi entre ses mains, tente de réfléchir. Mais tout se bouscule. Qui a pu voir ce téléphone portable ? La fille aux cheveux rouges, banquette d'à côté ? Une sale gueule de voleuse.

« Sale pute ! »

A moins que son portable ne soit tombé sous la banquette. Le bus n'arrivera à son terminus que dans une petite demi-heure puisque du Foyer des Jeunes Travailleurs à l'arrêt de la rue des Pommiers, elle n'effectue que le tout début de la ligne. Elle ne sait même pas où est ce terminus. Mais elle ira, obligée. Elle sera accueillie par tous les chauffeurs qui rigoleront après avoir écouté l'enregistrement. Même le jeune du matin qui a toujours un petit mot gentil. Après tout, Deviller, c'est leur patron. Ils se moqueront et lui diront qu'elle aime ça, qu'elle doit les sucer un par un si elle veut récupérer son portable.

– Salut

Louise sursaute. Le vieux qui s'occupe des nécros au journal lui fait un petit signe de la main et se dirige vers un des bureaux. Privilège des anciens. Trente ans de NR... Louise tente de se calmer.

– Bonjour...

Le vieux n'a pas entendu. Elle allume un ordinateur pour chercher les coordonnées de la base nautique des Couflons sur internet. Les mains moites, elle tapote sur le clavier. Le numéro sous les yeux, Louise se saisit du téléphone fixe sur le bureau.

– Bonjour madame, c'est la Nouvelle République...

Elle bégaye. La tête ailleurs. Qui a trouvé ce portable ? Et si Deviller avait tout organisé ? Elle cherche à se souvenir de chaque seconde, ce matin. Etait-ce un oubli ou un vol ?

– Un reportage, oui...

Elle écoute à peine son interlocutrice. Elle se souvient de la vieille au caddie qu'elle a aidé à descendre du bus... Et si cette vieille était complice de Deviller ? A l'autre bout du téléphone fixe, la femme lui a donné rendez-vous.

– Jeudi ? Très bien, madame. Merci de demander aux parents l'autorisation que j'interroge leurs enfants. Nous sommes obligés. A jeudi.

Elle raccroche sans même dire au revoir. Pendant quelques heures, elle y a cru. Que son cauchemar était terminé. Qu'entre ses mains, elle avait la preuve. Elle s'est brûlé les doigts. Trop gros pour elle. Le destin l'a punie. Ou un complice de Deviller. Cette fois, elle est vraiment menacée.

« Pense à ta mère… »

Chapitre 10

Je roule tout doucement dans le dépôt des bus municipaux. Je coupe le moteur, tire le frein à main. Mes pensées se bousculent. Je récupère mon portefeuille et mes clopes coincés entre le pare-brise et le tableau de bord du bus. Un dernier coup d'œil dans le rétro. Mais pas de surprise. Toujours ce visage ovale, maigre, d'un blanc laiteux… Un léger collier de barbe anarchique. Comme des poils plantés au hasard. Cheveux drus sur le front. Des yeux marrons. Souvent je me demande quelle aurait été ma vie si j'avais été un garçon charmant, charmeur ? Je jette un coup d'œil sur et sous les banquettes, que personne n'ait rien oublié ! Le portable c'est déjà énorme alors manquerait plus qu'il y ait autre chose ! Mais je suis fébrile ! Ce n'est qu'un téléphone. Mais pas que. C'est celui de cette fille. Il fait presque frais dans le hangar. Tant mieux, les auréoles de ma chemise vont sécher.

Le mécanicien de la Régie des bus de Romorantin s'affaire, un chiffon noir à la main, penché sur le moteur d'un bus. Je ne sais même pas s'il m'a vu.

– Jojo, tête de veau !

La tête toujours dans le moteur, le mécano lève le pouce. Comme à chaque fois qu'on lui parle.

– Eh Jojo, ta mère est morte !

Si je lui annonçais une telle nouvelle, il lèverait le pouce pareil. Il est con, Jojo.

Pourquoi j'ai une étrange sensation ? Une excitation mêlée à une forme d'angoisse. Je sais que je n'ai pas le droit. Mais je veux fouiller dans le portable de cette journaliste. Comment a-t-elle pu l'oublier dans le bus tout à l'heure ? Elle l'a fait exprès ? Qui est cette fille ? Ce n'est pas une fille, c'est une énigme. Elle s'enlaidit, volontairement, j'en suis sûr. Quand elle sourit, je vois une vie d'avant. Je le sens.

– Si je lui pose des questions, elle s'enfuira comme un chat sauvage, hein Jojo ?

Le mécano lève le pouce. Il n'a même pas compris ce que je lui ai dit. Il est décidément très con, Jojo. Je file vers la salle commune du dépôt. Tenter de la joindre à la Nouvelle République. Son portable, il faut que je le lui rende, elle en a forcément besoin avec son boulot. Dans le local, je ne prête même pas attention aux posters de femmes à poil. D'habitude, je jette toujours un coup d'œil car mes collègues les changent souvent. Je ne sais pas dans quelle revue on peut encore en trouver. Le placard en fer est ouvert. Le bureau est un peu en bordel. Un gobelet traine. Ça sent la transpiration. Personne à cette heure-là. Ils doivent être au kebab. Je cherche le tabouret pour m'asseoir entre les murs jaunes crasseux.

Lisa Deviller secoue ses cheveux blonds. Déjà midi. Ce matin, son père est venu la chercher à la gare. Les deux jours à Clermont étaient très agréables, avec cette fille devenue copine via Instagram. Et puis ce sont toujours deux jours de moins ici. Dans la voiture, ils n'ont échangé que quelques mots. Arrivée à la jolie villa d'un des quartiers résidentiels de Romorantin, elle est montée dans sa chambre puis s'est allongée sur son lit. Pendant une bonne demi-heure. Sa chambre. Quelques mois après avoir quitté Aix, planté sa mère, provoqué des ragots en ville, son père lui avait envoyé un message.

« J'ai choisi une jolie maison. Tu auras ta chambre. »

Elle n'y a jamais mis un poster, un tableau, ni aménagé un bureau ou un placard à vêtements. Son regard se perd sur les murs blancs et nus. Sa jupe légère est relevée sur ses jambes fines et bronzées. Elle souffle, puis se lève. Pieds nus, elle se dirige vers la salle de bain. Elle admire son visage quasi parfait dans le miroir, encadré par des cheveux blonds comme les blés d'été. Ses traits sont fins. Quand elle sourit, une fossette se forme de chaque côté de ses lèvres. Pendant longtemps, elle n'a pas aimé ce nez presque trop fin. Plus maintenant. Lisa se déshabille en regardant son corps dans le miroir. Elle le voit bien, qu'elle est faite pour le plaisir. Par où Franck commencera-t-il à la caresser ? Franck, le moniteur d'équitation. Le premier coup de foudre de son adolescence. L'été dernier. Elle avait quinze ans. Cette nuit-là, elle avait fait le mur. Ils s'étaient allongés une bonne partie de la nuit au milieu des bottes de foin de l'écurie. Elle était subjuguée. Premiers frissons, devant ces dreadlocks, ce regard bleu profond, ce sourire éclatant. Cet homme sans attache sentait le vent chaud, l'insouciance. Elle l'aurait suivi au bout du monde. Elle est devenue une femme ce soir-là. La paille était rouge.

Lisa contemple dans le miroir sa cambrure, ses fesses. Les cheveux blonds les couvrent presque. Elle frissonne. Elle est belle. Elle est fière. Elle est amoureuse. Elle lève les droits en joignant les mains comme une danseuse. Gestes innocents, élégants. Elle noue ses cheveux avec un chouchou rose et entre dans la douche. Besoin d'eau froide. Elle ferme les yeux et profite du jet continu qui la rafraichit en cette période de canicule. Son royaume en échange de Franck. Elle diminue la puissance du jet et l'oriente, doucement, entre ses cuisses. Oui, dans la maison de son père. Elle n'ose pas aller plus loin. Les gouttes perlent sur son ventre plat. Elle caresse doucement son sexe qu'elle a rasé, pour la première fois, en début d'année. L'eau coule sur le galbe de ses seins d'adolescente.

– Lisa !

La jeune fille se tétanise. Se tourne brutalement vers la porte de la salle de bain. Non, il n'a pas osé rentrer ! Elle ferme le robinet.

– Lisa, à table ! Après je repars travailler !

Lisa est rassurée. La voix vient de son père vient du rez-de-chaussée de la maison. Elle écarte brutalement le rideau de douche, saisit sa serviette bleue en sortant de la baignoire. De colère, elle tape du plat de la main contre le lavabo. En ouvrant la porte de la salle de bain, la fenêtre de la chambre claque. Le courant d'air la fait frissonner.

– Lisa ! Tu viens ma chérie ?

Pas ces mots-là ! Mécaniquement, les muscles tendus, elle enfile la robe qu'elle portait dans le train. Il y a du vent, ce matin. A travers les rideaux en voile blanc léger, qui se tendent vers dehors comme pour s'échapper de la fenêtre ouverte, elle sent le soleil brulant. Comme son corps d'adolescente il y a quelques minutes, sous la douche. Mais maintenant, elle est redevenue une gamine que son père appelle pour manger. Il lui parlera du tournoi de tennis qu'il a organisé sur mesure, pour elle. Sa raquette est d'ailleurs là, dans sa housse, contre le placard. Elle n'a pas bougé depuis un an. Il lui parlera aussi des notables de la région qu'il veut lui présenter. Des vieux, adipeux, au regard gras. Il lui dira qu'il a une idée pour qu'elle s'occupe ou même gagne un peu d'argent. Baby-sitter ? Serveuse ? Elle pensera à Franck. Il sent la liberté, l'aventure, l'âge adulte.

Avant de descendre rejoindre son père, Lisa regarde par la fenêtre de sa chambre. De l'autre côté du jardin, la route et un bois. Il est là-bas. Il l'attend ? Cette question, Lisa se l'ai posée presque alors que les vacances approchaient.

– Lisa ?

Elle crie.

– Deux minutes !

Sa valise est toujours fermée. Dans son sac, son portable. Elle le saisit. Fait défiler ses contacts. D. Pour De

Kerkhove. Le seul contact qui n'a pas de prénom. Elle écrit un sms.

« Je suis à Romo. On se voit ? Lisa »

Lisa a déjà planifié sa meilleure soirée de son séjour. Ils seront nombreux. Au moins trois garçons et une fille qu'elle connaît. Un brun, flambeur, que ses parents, richissimes, ne contrôlent plus. L'autre fait encore un peu ado. Quand il fume, il se lâche bien. Lisa le trouve drôle. La fille, elle, est cool. Pas très jolie, elle admire Lisa. Qui fait d'elle ce qu'elle veut. Tous passent en terminale. Pour le week-end du 15 août, ils ont promis de se voir. Elle les harcèle de textos tous les jours. Elle a appelé ça « Opération pétard en Sologne ». Ils ont bien rigolé. Elle espère que Franck sera là. Il a dit oui. Mais personne ne l'attache, ne l'oblige.

« Je passe en ville demain. Tu veux combien ? »

Lisa relit en souriant la réponse de De Kerkhove. Elle fait un rapide calcul. La quantité de cannabis dans un joint « moyen » est d'environ 0,32 grammes. Ils seront quatre. Ils en fumeront au moins trois chacun. Sa mère lui a donné de l'argent de poche pour son mois d'août.

« Quatre grammes. Ok pour toi ? »

Pour De Kerkhove, ce 15 août n'est qu'une petite soirée qui arrondit à peine les fins de mois. Mais la fille du maire lui permet de fidéliser les fils et filles des bourgeois de Sologne. Ils ne seront que quatre mais ils reviendront certainement quelques jours plus tard et encore quelques jours après. Une soirée en déclenche une autre et ainsi de suite. Et quand il y a un peu de cannabis à la première, il n'y a pas des chipster ni des fraises tagada à la deuxième.

Lisa secoue ses cheveux blonds et se prend machinalement en photo avec son portable. Elle aime le résultat. La petite soirée chez De Kerkhove, c'est comme une tradition, en plein milieu des vacances d'été. Comme un break de retour de Corse et avant de repartir au Cap Ferret ou à

Biarritz pour les enfants des grandes familles de Sologne, dont les parents sont propriétaires de chevaux et de domaines gigantesque. Lisa sort de sa chambre et descend l'escalier. Au même moment, un bip fait vibrer son portable.

« Ok », signé DK

Après le déjeuner, elle enfourchera son vélo de femme, qui accentue sa cambrure. Dans le petit panier, accroché au guidon, elle récupérera une barrette et emprisonne ses cheveux blonds dans une natte pour être plus à l'aise. Les pans de sa robe voleront, dévoilant ses jolies cuisses. Elle roulera jusqu'au centre équestre.

– Ah, enfin, tu es là…

Lisa ne regarde même pas son père. Elle s'assoit à table.

Chapitre 11

Assis sur mon tabouret, je ressens cette gêne qui, d'abord, me paralyse. Je vais pénétrer l'intimité d'une inconnue. Je ne suis pas capable de m'en empêcher mais c'est interdit. Si ma mère le savait.... Le portable de la journaliste est posé sur la table. Personne dans la salle commune du dépôt de bus. Odeur de renfermé, peinture jaunâtre qui s'écaille, table en plastique branlante. Dans un coin, une vieille veste de survêt. Le portable est un modèle ancien. Pas de code ou d'empreinte digitale pour le déverrouiller toutes les trente secondes. Il reste plusieurs petites barres sur le niveau de batterie. Sur l'écran, un enregistrement sur Pause. A 3mn 24. J'hésite entre revenir au début ou continuer. Sauf que si cet enregistrement n'a aucun intérêt, ça va faire long. J'appuie sur la flèche Play avec mon doigt plein de sueur.

Rien.

Je tremble légèrement. J'entends un bruit continu, comme lointain. J'arrête de respirer. Je porte l'appareil à mon oreille. Ce bruit de fond... c'est... Une rue ou un lieu public. Je fronce les sourcils. Quand je m'interroge, j'aime bien froncer les sourcils. Par sécurité, je jette un coup d'œil à l'entrée de la salle commune. Personne. Il n'y a que Jojo, dans le dépôt. Les autres chauffeurs sont en tournée. Et en rentrant, ils ne viendront pas dans cette étuve qui pue. C'est bien l'hiver, surtout quand on a des blousons à déposer dans les armoires branlantes en fer. Dans le portable, ce bruit de fond, lancinant.

Je suis peut-être que chauffeur de bus, mais je ne comprends pas pourquoi il n'y a rien sur cet enregistrement. Ou alors, c'était avant ? Pourtant, il reste 2mn 43, comme indiqué sur le cadran.

Je sursaute.

« Bonjour mademoiselle. Jacky Deviller, maire de Romorantin. Vous êtes bien la journaliste de la NR ? Je n'ai pas encore eu l'occasion de me présenter… Vous avez quelques minutes ? »

Oui, c'est bien la voix du maire. Je la connais bien, quand même, c'est mon chef !

« Vous n'aviez jamais travaillé ici, avant ? Vous nous ferez un beau compte-rendu, n'est-ce pas ? Cette petite fête est importante pour les habitants de la ville ! »

Je ne comprends pas l'intérêt de cet enregistrement.

« Comment vous appelez-vous ? »

Ma chemise est humide. J'espère que personne ne va entrer dans la salle commune. Je me gratte entre les jambes. J'ai transpiré, ça m'irrite.

« Louise… »

Louise. J'en sais déjà plus sur mon inconnue. D'où les initiales avec lesquelles elle signe ses articles. LD. L pour Louise. Les autres journalistes signent de leur nom en entier. Bizarre. J'aime bien ce prénom. Je devrais lui dire « Bonjour, Louise », quand elle monte dans mon bus. Elle sourirait où elle se sentirait agressée ?

Pendant que je pense à toute vitesse, j'écoute la conversation. Deviller demande à Louise de prendre sa fille en stage. Une certaine Lisa… Cet enregistrement n'a aucun intérêt. Je vais replacer le curseur à 3mn 24 et fouiller dans la galerie de photos. Peut-être qu'il y en a d'elle jeune. Elle devait être très belle !

« Monsieur Deviller ? »

Ah, elle l'interpelle ! Elle a une jolie voix. Je pense à son sourire, seul instant de grâce dans cette boule de tristesse. Des yeux vides, un visage mou, bouffi. Elle a dû pleurer des milliers de fois. Soudain, j'entends un bus qui entre dans le hangar. Je retiens ma respiration. Je me lève discrètement pour regarder. La plupart des chauffeurs repartent après leur service. De loin, je distingue celui qui vient de terminer son service. Lui ne viendra pas dans la salle. Il ne vient jamais. Je me rassois sur le vieux tabouret. Je vais regarder ses photos puis filer au bureau de la NR pour le lui rendre. Puis je bosse à nouveau tout à l'heure.

« Seize ans, c'est le bon âge pour se faire violer… »

Sans m'en rendre compte, je me lève brusquement du vieux tabouret qui tombe à la renverse. Je retiens ma respiration. Qu'est-ce que je viens d'entendre ? Je porte le téléphone à mon oreille en retenant mon souffle. Je n'ose pas revenir en arrière. Mais c'est le silence total à nouveau. Cet enregistrement qui me glace. Je fixe des yeux le poster de la femme à poil, scotché au mur. Je ne le vois même pas.

« Il y a cinq ans, à Aix. C'était moi, la gamine blonde, sur le trottoir, cette nuit-là. J'ai bien changé, hein ? »

« Pourquoi tu es venue ? »

J'ai la bouche grande ouverte. C'est bien Deviller qui parle !

« Parce que je n'ai plus rien à perdre. Depuis cinq ans, j'y pense. C'est en vous revoyant que j'aurai le courage de porter plainte. »

Louise s'est faite violer par le maire ? Tout est confus. Je ne suis pas une lumière mais j'ai bien entendu...

Un froissement. Elle a dû bouger le téléphone dans sa poche, le son devient sourd. Puis clair à nouveau.

« Pense à ta mère. »

Le portable brûle mes doigts. J'ai tellement peur de ce que je viens d'entendre que je replace immédiatement le petit curseur de défilement à la seconde près où je l'ai trouvé tout à l'heure. Mon doigt tremble alors cela me prend plusieurs secondes. 3mn24. Louise ne saura jamais que j'ai tout écouté. Mais pas tout compris. A-t-elle prémédité son coup ? Pourquoi me prendre, moi, à témoin ? Je ne suis qu'un chauffeur de bus. Je veux que tout cela s'arrête. Ou plutôt, que rien n'ait commencé. Je crois que je n'ai pas respiré depuis deux minutes. Mais je transpire. Je ferme les yeux.

Je veux l'aider. Je ne pourrai jamais.
« Luc, rends-lui, oublie et barre-toi ! »
Je me parle. Je me rassure.
« Luc, deviens un héros, son héros. Elle a besoin de toi ! »
Et soudain, je me rends compte que c'est une folie ! Je suis un employé du maire !
Je suis complètement perdu. Je tremble toujours. Je tripote machinalement le téléphone. Voir les photos. La plupart, à Noël dernier. Un réveillon avec des amis, sûrement. Une femme d'une cinquantaine d'années. Sa mère, probablement. Seulement deux photos depuis. J'agrandis. Je fronce les sourcils. Un dépliant SNCF. Celui des Intercités Paris-Toulouse. Sur la deuxième photo, un gros plan sur 4h29. Horaire de passage à Romorantin. Je réfléchis. Mais tout se bouscule.
« C'est un simple horaire d'indication, le train ne s'arrête pas... »
J'ai clairement entendu le maire menacer cette fille. Il n'a pas nié quand elle l'a accusé de viol ! Donc c'est vrai... Et sans son portable, elle doit être morte de trouille. Qu'il ait été retrouvé, qu'il soit utilisé contre elle.
Et elle veut faire quoi, à 4h29 du matin, avec un train qui ne s'arrête pas ?
Je quitte le hangar en courant. Dans mon cerveau, tout chauffe. Jamais, dans ma petite vie calme, il n'y a eu une telle tempête.
Le soleil tape si fort que je fais un écart sur le trottoir, surpris. Une voiture klaxonne. Je reprends ma course vers chez moi.

Lisa pédale en haletant. Le vent fouette son visage. Elle se sent si libre ! Excitée de retrouver les odeurs, les lieux de son enfance. Les arbres, les bruits, les couleurs. Protégée par le silence du bois. Redevenue la petite Lisa, insouciante, qui faisait du vélo avec ses poupées, devant le vieux pont de pierre. Elle se souvient que pendant des heures, elle passait et repassait sous ce pont. Au dix-septième siècle, à sa construction, il y avait un cours d'eau qui traversait le bois. Et le propriétaire du domaine avait fait construire ce pont pour que sa femme puisse profiter de leurs terres sans se mouiller les pieds. Lisa aimait quand sa mère lui racontait l'histoire. Toujours la même. Il fallait être une princesse pour se faire construire un pont qui protège ses petits pieds de l'eau. Lisa pédale toujours plus vite sur le chemin en terre. Machinalement, elle baisse la tête en passant sous le pont alors qu'elle ne risque rien. A la rigueur, debout sur la selle, oui. Le haut du pont doit être à deux mètres de hauteur, environ.

« Princesse, veuillez emprunter le pont je vous prie. Le cours d'eau est en colère, ce matin. Je serai fort marri que vous fussiez mouillée… »

Lisa rigole. Le noble parlait certainement comme cela à son épouse, à l'époque.

Au loin, les bruits étouffés des galops des chevaux. Le centre équestre de De Kerkhove à quelques kilomètres à peine. En se retournant, elle distingue, au travers des arbres, le clocher de l'Eglise de Romorantin.

Elle freine. Descend de son vélo et le pose contre un arbre. Elle respire à s'en faire péter les poumons. Sa poitrine menace d'exploser tant elle gonfle tout son corps d'air pur. Elle s'adosse à l'arbre. Glisse une main sous sa jupe. Remonte ses doigts le long de sa culotte. Elle pense à Franck. Puis à son père. Même quand elle est seule, au milieu des oiseaux, il lui gâche la vie.

Lisa crache par terre.

« Tu ne comprends pas que je te hais ! »

Elle pourrait le crier, personne ne l'entendrait. Son père, ce minable. Elle avait une vie dorée, à Aix, quand il était maire. Mais il a trop magouillé, obligé de s'enfuir. C'est la version qui circule, en ville. Il y en a une autre, que Lisa a entendu, forcément. Lisa secoue ses cheveux blonds, oublie son père. Dès demain, elle suivra une journaliste de la Nouvelle République dans ses reportages en ville. Une bonne journée de merde.

« Franck »

Le feu couve. Elle ferme les yeux à nouveau et prononce le prénom de ce garçon qui la bouleverse. Sa main est toujours entre ses cuisses. Ses doigts humides caressent délicatement ses lèvres. Elle entend à peine le clocher de l'église de Romorantin, à plusieurs kilomètres. Juste les oiseaux. Le bruit du vent. Elle respire plus vite.

Chapitre 12

Je vérifie que la porte d'entrée de mon deux-pièces est bien fermée. Elle branle depuis plusieurs mois. Un jeu d'enfant pour un cambrioleur. Mais pour qu'un cambrioleur vienne ici, il faut qu'il n'ait aucune ambition. J'ai le cerveau en ébullition. Ce serait bien que je me douche. Depuis deux semaines, je laisse les volets fermés de jour comme de nuit, pour éviter que la chaleur ne rentre. Du coup, cela sent un peu le renfermé et la transpiration. Pas grave. Je repousse la table à manger en faisant attention à ce que la petite télévision ne tombe pas. J'ai besoin d'espace. Je marche, je tourne, je n'ose pas croire à ce que j'ai entendu au dépôt. Le téléphone de Louise est dans la poche de ma veste. Je ne suis pas allé à l'agence de la NR. Louise doit s'inquiéter. Je lui rendrai demain. J'espère qu'elle ne m'en voudra pas. Sauf si elle se rend compte que j'ai fouillé. Mais si elle a fait exprès de le laisser dans mon bus et que je lui jure que je n'ai pas fouillé, elle sera déçue ! Je ne sais pas quoi penser. Et si j'appelai ma mère pour m'aider à décider ?

« Maman, j'ai une question… »

J'imagine…

« Tu ferais quoi si tu apprenais que ton patron, Deviller a violé une jeune femme ? Tu m'encouragerais à le dénoncer ? »

Ma mère répondrait :

« Tout le monde est au courant, mais personne n'a de preuve. Si tu en trouves une et que tu le fais arrêter, tu seras le héros de cette ville. Tu as ma bénédiction ! »

Bien sûr que non, je ne vais pas demander à ma mère. Le problème, c'est que j'y ai quand même pensé ! Je suis con, des fois, aussi con que Jojo le mécano de l'entrepôt des bus.

Je regarde le tableau, accroché à mon mur. Montmartre. Je l'avais acheté à un peintre ambulant, à Paris, quand on y était allé ensemble, avec ma mère, à Noël il y a cinq ans. Je tourne en rond. Je ne sais pas quoi lui dire, demain, dans le bus.

« Tenez Louise, votre portable. Vos échanges avec le maire étaient très instructifs. On veut le coincer, justement. C'est parfait qu'il vous ait violée ! Enfin, façon de parler, bien sûr… »

Je ne peux me résoudre à le lui rendre de façon naturelle. Je veux qu'elle comprenne que j'ai compris. Que je peux l'aider. Je le sors de la poche de ma veste. Plus que deux barres. Quand Louise montera dans mon bus, demain, il sera éteint, la batterie vide. Je l'essuie sur ma chemise humide de transpiration. Que Louise n'aperçoive pas mes empreintes de doigts sur l'écran !

« Vous êtes venue jusqu'ici pour le retrouver ? Vous avez prévenu la police ? C'était un guet-apens ? Bien joué ! »

Louise se tiendra devant moi. Elle verra bien que je peux l'aider. Je suis un type fiable, à ses côtés, contre le mal. Elle me sourira.

« C'était un appel au secours. J'avais besoin de vous. Mais laissez tomber, on s'attaque à trop gros…»

A imaginer tous ces dialogues alors qu'il ne se passera rien, j'en oublie que j'ai la bouche sèche. J'ouvre le frigo et boit dans une bouteille d'Evian que je remplis depuis des mois avec de l'eau du robinet. Il y a du calcaire au fond. Je vais en racheter une autre au Huit à Huit. Je ne sais pas si je vais dormir ce soir. Il est 19h. Depuis que je suis rentré du boulot, en milieu d'après-midi, je ne pense qu'à elle. Je n'ai même pas allumé la télé. J'ouvre légèrement les volets de ma chambre. Les draps sont en boule sur le matelas, à même le sol. Dehors, le square est vide. Les jeux pour enfants cuisent au soleil. Il se passe quelque chose, dans ma vie. Et ce soir, je dîne chez ma mère.

Il fait nuit sur le département du Cher. La D76 traverse champs et forêts. Pas un village, quelques fermes, un ou deux hameaux sur cette route entre Romorantin et Vierzon. Au milieu de nulle part, pour se vider la tête. Des chênes, des pins, surtout. Quelques hêtres. Deux petits lacs juste avant de bifurquer sur la D211. Les phares du 4x4 blanc transpercent la nuit. Deviller se sent libre. Vitres ouvertes, le vent s'engouffre dans l'habitacle. Ici, personne ne viendra le chercher. Il se sent traqué. Cette pute de Louise. Cette histoire ne finira donc jamais ? Depuis cinq ans, il paye sa dette ! Et même double peine, en venant s'enterrer en Sologne. Le 4x4 quitte la départementale juste avant l'entrée dans Vierzon. Dans la zone industrielle, un bâtiment au néon rouge un peu criard. Deviller se gare. Coupe le contact. Dans le coffre, son sac.

– Ça va, monsieur Jacky ?

Deviller salue deux de ses jeunes partenaires d'entrainement, venus ensemble. Leurs silhouettes massives se découpent dans la pénombre, à peine éclairées par le néon de la salle.

– Ça va cogner, ce soir… Préparez les sacs...

– Comme toutes les semaines, Jacky !

Deviller esquisse un sourire.

« Ce soir, c'est différent… », pense-t-il.

Dans quelques jours, le 15 août 2017. Cinq ans déjà. Il ne pensait pas qu'elle viendrait. Ici, cet été. Mais elle sait, maintenant. Deviller jette machinalement un coup d'œil autour de lui. Des magasins, des hangars, un supermarché. Au loin, l'église de Vierzon. En ouvrant la porte d'entrée de la salle de boxe, il respire les odeurs familières de chaussettes et de transpiration.

« Messieurs… »

« Fidèle, Jacky, j'aime ça ! »

Le prof a presque son âge. Une complicité s'est nouée, à force. Avec lui, avec quelques autres. Un repris de justice, notamment. Deviller se dirige vers le vestiaire. Un jour, il s'est dit que ces mecs seraient peut-être utiles. Pas contre Louise, évidemment. Sauf si elle n'est pas venue seule... Mais maintenant, elle sait. Cela fait maintenant cinq ans qu'il verse à Florence, la mère de Louise, près de trois mille euros par mois. Pour tenter de réparer toute la merde dont il est responsable. C'est-à-dire un viol, une famille qui se brise, un mari, lâche et corrompu qui choisit ses intérêts à l'honneur de sa propre fille, une mère, Florence qui sombre en dépression. Elle n'était même pas sa maitresse. Trop élégante, trop fascinante, trop bourgeoise. Aujourd'hui, Florence Durand est une petite vieille, recluse chez elle. Brisée.

Assis sur un tabouret de bois, Deviller fixe le mur blanc du vestiaire. Il entend la respiration du métis, assis à sa droite. Short. Protège-dents. Gestes lents.

– Karim, tu m'aides à enfiler mes gants, s'il te plaît...

– Une main de fer dans un gant de velours, sourit le métis, encore en caleçon.

Deviller n'écoute pas. Son cerveau est en ébullition. Il laisse venir. Tous ces flashbacks vont l'aider à taper sur les sacs. Il ne sortira de cette salle de boxe qu'à genoux. Il va y déverser toute sa rancœur, sa haine. Echauffement. Corde à sauter. Progressivement, coup après coup, tout lui revient en pleine gueule. L'opposition municipale qui l'emmerde, Lisa et sa révolte, ses problèmes d'argent. Et cette Louise qui réveille sa honte enfouie. Il veut oublier, au moins ce soir, dans le gymnase. Les bruits des impacts brisent le silence. Deviller frappe. Depuis presque cinq ans, il n'a pas raté une seule fois le cours de boxe du vendredi soir. Il a systématiquement refusé les dîners, les réunions municipales, les conseils de quartier ce soir-là. Le vendredi, c'est l'exutoire. Salle de boxe « Mise au Poing », à Vierzon, à une demi-heure de Romorantin. Ils sont cinq. Deviller est le plus vieux. Les quatre autres, jeunes, baraqués sont plutôt impressionnés. Respect, l'ancien. Il se donne à fond. A la fin du cours, le prof propose des combats. Deviller retient ses coups, comme le veut l'usage. Les jeunes sont rassurés. Il a la rage, le maire. La haine, presque. De quoi ? Ils n'ont jamais osé lui demander.

– Remonte le bras gauche, Jacky. Là, t'es vulnérable…

Deviller écoute, d'un air distrait. Coup d'œil au prof, de temps en temps. Puis il est ailleurs.

« Pense à ta mère, Louise… »

Depuis qu'elle est venue le provoquer, tous les souvenirs remontent. Il entend la voix, lointaine, du prof.

– Position de garde… Appuis dynamiques au sol…

Ce 15 août 2012. Il a beau frapper, il la revit, minute par minute, elle lui remplit la tête, cette nuit-là, où il a manqué de vigilance… Puis tout s'est enchaîné.

– Jacky, à distance de bras…

Les consignes résonnent comme un bruit de fond.

– Les gars, shadow-boxing, on porte les coups dans le vide. Concentration. Garde. On souffle…

Il est une heure du matin quand il est entré au Vice-Versa. Il y a cinq ans, mais il s'en rappelle très bien. Il les avait enterrés, ces souvenirs mais pas si profondément. Ils étaient toujours là, tapis. Sur la piste de danse, l'ambiance était chaude, festive, électrique. Autour de lui, des garçons, quelques filles, les plus belles de la région, triées sur le volet, des corps qui s'enlaçaient, la musique électro à fond. Et lui, Deviller, en boîte ? A ceux qui l'abordaient, il expliquait qu'il venait vérifier que tout allait bien. Après tout, il était maire de tous les Aixois. Même les gays.

– Les gars, dix minutes de poire de vitesse…

Il boxe, mécaniquement. Les coups sont appuyés comme un défouloir à ces souvenirs qui lui font mal. Revenir en arrière. Le patron du Vice-Versa leur a réservé une table. Ils sont trois. Deviller et deux hommes d'affaires importants de la région PACA.

– Ton esquive, Jacky…

Le temps qu'ils s'échangent quelques banalités, il est deux heures. Tout a basculé quand il s'est levé pour aller pisser. Il en est persuadé, maintenant.

« Prenez votre temps... », lui ont-ils dit en souriant.

Il ne pouvait pas comprendre la vanne. C'est à ce moment-là qu'ils ont versé la poudre dans son verre. Les quatre lettres dansent dans son crâne brulant. MDVP. Un terme barbare, pour un produit de synthèse d'un autre monde. Il ne touchait pas à tout ça... MDPV. Surnom : poudre du démon. Interdite en France à l'époque. Une poudre très fine, légèrement jaune. Effets terribles : stimulation du système nerveux, hypersexualité.

Quand il s'est mis à fortement transpirer, une demi-heure à peine après être revenu des toilettes, il a cru à un coup de chaud passager. Il n'a pas vu le piège.

– Vous allez bien, monsieur le maire ?

– Un coup de fatigue. Cette ville me pompe toute mon énergie.

– Donnez-moi les clés de votre voiture. Mon chauffeur va vous raccompagner et reviendra ici en taxi...

Les deux hommes d'affaires étaient insistants, pressants, les mains sur ses épaules. Ils avaient tout prévu. Suivre une fille qui sortait seule de la boîte. La coincer, avec la voiture de Deviller, dans une ruelle discrète. Les effets de la drogue feraient le reste. Ils avaient tout organisé pour le tenir, jusqu'au bout par les couilles, des fois qu'il aurait regretté d'avoir signé quand, plus tard, ils seraient plus gourmands. Juste avant de monter dans sa propre voiture, sur la banquette arrière, il avait même vomi. Le lendemain, il se souvenait par flashs. Suffisamment terribles pour qu'il appelle, en urgence, le président du conseil départemental des Bouches-du-Rhône. Médecin addictologue, à Aubagne. Il a été reçu entre midi et deux, quand le cabinet était officiellement fermé pour la pause déjeuner.

« Cette drogue peut être ingérée en intraveineuse, comprimés, ou poudre. Vous avez développé des symptômes classiques. Montée fulgurante de l'euphorie, sensation de bien-être, stimulation sexuelle ...»

L'éminent professeur avait la tête à garder un secret. Même si Deviller lui avait caché l'essentiel. Mais en sortant de chez l'addictologue, il avait compris qu'il s'était bien fait baiser et qu'il ne serait jamais ministre. Ils étaient trop à savoir, déjà. Deviller cogne sur son sparring. Le pire, c'est que la fille, c'était Louise. En affaires avec le père, ami avec la mère. Les deux types qui l'avaient piégé avaient, par un hasard incroyable, suivi une proie idéale pour le foutre dans une merde noire. Juste la faute à pas de chance.

Elle est contente, maman, que je dîne avec elle. J'ai un peu honte parce que si je suis là, ce soir, ce n'est pas que parce que je l'aime sincèrement. C'est aussi parce que je vais la trahir. Le mot est un peu fort, mais c'est ainsi que je le ressens. Alors je meuble, je noie le poisson.

– Vous n'avez pas trop chaud, à la mairie, maman ?

Elle a l'air contente que je prenne de ses nouvelles. D'habitude, je viens dîner mais on parle peu. Même si je suis quand même fier d'elle, je ne le lui montre pas. La pudeur, sûrement. Alors ce soir, j'en fais un peu trop. Pour rattraper les autres fois. Elle a l'air surprise de mes questions aux réponses évidentes.

– On ouvre les fenêtres et ça fait des courants d'air... répond-elle en souriant, l'air de dire que ma question est inattendue.

Elle est naïve, maman. Elle n'imagine pas que je manigance quelque chose et que dans quelques secondes, je vais tenter de lui soutirer des informations. Elle découpe un morceau de fromage pour finir son verre de vin. Je la regarde. Elle est ridée, fatiguée mais courageuse. Quand elle partira, ce sera avec le sentiment d'avoir vécu une petite vie simple mais d'avoir accompli son devoir de mère. Et d'adjointe au maire. Ça rime, c'est drôle.

Mais malheureusement, ce soir, je la manipule. Je m'en veux.

– Au pire, vous avez le congélateur, au sous-sol, pour faire des glaçons ou stocker des bouteilles d'eau.

Elle est étonnée de cette question, car personne au monde ne s'intéresse au congélateur de la mairie de Romorantin. Sauf l'employé qui gère les livraisons. Il est situé au sous-sol de la mairie, dans l'ancienne cuisine qui sert désormais de lieux de stockage d'éventuelles denrées alimentaires pour des cocktails ou des mariages… On y accède par l'intérieur de la mairie ou par l'issue de secours, fermée à clé à l'arrière du bâtiment, en descendant un petit escalier en pierre, caché derrière une haie.

– Je ne sais pas, je n'y vais jamais… Tu veux encore des patates ?

Maman change de conversation. Parfait. Dans trois minutes, elle aura oublié. J'ai mon information. A aucun moment, demain, ma mère n'aura donc besoin d'accéder à l'ancienne cuisine et encore moins par l'issue de secours. Je peux emprunter sa clé de l'issue de secours, pour la nuit sans avoir à lui rendre demain matin. Le dîner est terminé. Je peux écourter la soirée. Je ne prends jamais de dessert et je débarrasse le sel, le pain, et deux trois couverts. Mais je suis pressé de partir. Je ne vais pas beaucoup dormir cette nuit.

– J'y vais maman !

Dans la cuisine, j'entends le robinet de l'évier qui coule. Le bruit des assiettes qui s'entrechoquent. Ma mère aime sa cuisine. Elle y est heureuse. Elle n'en sortira pas tout de suite. C'est le moment de me barrer.

– Bon nuit mon Lucho !

J'entends sa voix de loin. Sur la petite table basse du salon, je récupère son porte-clef. J'écarte la bague pour faire glisser la clef noire au bout plastifié. Je jette un coup d'œil vers la cuisine. Mais maman a du rangement et elle aime prendre son temps. Elle ne se rendra même pas compte qu'il lui manque une clé. Je claque la porte de l'appartement. Je descends par les escaliers. Maman habite en plein centre-ville. Pas loin de la mairie. Mais évidemment, je vais repasser chez moi avant de revenir, cette nuit, à la mairie. Je me dis que c'est un peu con. Parce que de toute façon, je n'en profiterai pas pour me reposer. Trop stressé.

Le hall de l'immeuble est frais. Contraste avec dehors, alors que la nuit est tombée. Pourtant, je tremble légèrement. Pourquoi je me lance dans cette aventure ? Pourquoi j'ai de la peine pour cette fille ? Pourquoi l'aider ? Besoin de sortir de ma zone de confort comme on dit au foot. J'aime bien le foot. Je suis comme un défenseur qui va marquer un but. Ce n'est pas son rôle mais il se sent euphorique. Un peu comme moi. Je me laisse griser en pensant à la réaction de Louise quand elle saura que je l'ai aidée. Parfois, je me dis que si j'avais eu quelques émotions, dans ma vie, je n'aurai pas besoin de saisir la première occasion foireuse.

La clé noire est dans ma poche. Je pense à mon plan. Pas très compliqué. Cette nuit, je rentrerai dans la mairie par l'issue de secours. Il n'y a pas de caméra. Je monterai dans le bureau du maire. Je déposerai, bien en évidence, la clé

USB rouge sur laquelle j'ai recopié la vidéo que j'ai découvert dans le portable de cette fille. Avec un mot. Je ne sais pas encore quoi. Mais du genre : « Votre crime ne restera pas impuni ! »

Demain, je reviendrai diner avec maman et je remettrai la clef au même endroit.

On va lui foutre la trouille au maire avec Louise. Même si elle ne le sait pas encore. Après tout, en m'appelant au secours avec ce téléphone laissé dans mon bus, elle espérait une aide. Mais elle ne s'attend sûrement pas à ce que j'aille aussi loin. Je pense qu'elle sera très émue quand cet enfoiré la suppliera de ne pas faire circuler ces preuves accablantes. Peut-être même qu'il lui proposera de l'argent contre son silence !

Pas un seul instant, j'imagine que Louise ne l'a pas fait exprès, qu'elle m'en voudra. Enfin, si, j'y ai pensé. Puis j'ai volontairement chassé cette idée stupide. Qui m'empêcherai de jouer au héros. Car cette nuit, je deviens un héros.

« Ton crime ne restera pas impuni ». C'est mieux avec le tutoiement. Pas de marque de respect. J'écrirai au marqueur sur une feuille blanche, en lettres capitales.

Chapitre 13

Le soleil cogne déjà ce matin. Pas même une légère bise. La place du Vieux Marché est déserte. Le temps semble s'être arrêté. Il est encore tôt. Romorantin est immobile dans la lumière blanche. La fidèle Jeanne presse le pas. Elle a deux minutes de retard. Elle ne le supporte pas. C'est physique. Toute sa vie, elle a été en avance. Au pire, à l'heure. Le dîner, hier soir avec son fils ne s'est pas particulièrement prolongé. Pourtant, elle a eu du mal à s'endormir. Elle n'aime pas cette atmosphère. Lourde. Le climat, sûrement, pense-t-elle pour se rassurer.

– Bonjour Jeanne.

Anicet assis sur sa chaise, dans le hall d'entrée, transpire. Mais son sourire n'est pas franc. Jeanne s'en rend compte.

– Bonjour Anicet... Vous allez bien ?

L'Antillais se dandine et se penche comme pour inciter Jeanne à ralentir son allure.

– M. Deviller est en colère, on l'entend hurler depuis une demi-heure..., chuchote Anicet.

Jeanne se liquéfie, d'un coup, la bouche ouverte. Elle n'a que quelques minutes de retard et...

– Jeanne !

Le maire vient d'ouvrir sa lourde porte et sa voix porte jusque dans le hall. Jeanne grimpe les marches quatre à quatre, la peur au ventre. A peine il la voit, Deviller s'agite et lui fait signe de le suivre dans son bureau. Arrivée en haut du grand escalier, Jeanne est au bord de s'écrouler. Toute sa vie, elle a servi avec dévouement les maires successifs de Romorantin. Jamais prise en défaut. C'est sa seule fierté. Enfin, si, elle est très fière de son fils. Mais, depuis quelques secondes, son ventre est noué. Elle est courbée en serrant contre elle son sac à main. Deviller contourne son bureau, se saisit rageusement d'un objet que Jeanne ne distingue pas. Il brandit le poing, serré. Puis ouvre sa main, en montrant, à Jeanne, une clé USB dans sa paume.

– C'était sur mon bureau, ce matin. Dedans c'est une horreur. Ça vient d'où ?

Jeanne s'appuie sur un rebord de chaise. Au bord de défaillir. Elle tente de reprendre ses esprits. Elle est presque soulagée que le maire ne lui reproche pas son retard. Mais qu'a-t-il trouvé sur son bureau ? Personne n'entre dans cette pièce sans passer par Jeanne. C'est elle qui donne accès, ou pas, au roi...

Prise en faute ? Elle ne comprend pas. Comment est-ce possible que quelqu'un soit entré directement dans le bureau du maire sans qu'elle le sache ? Elle se sent humiliée. Qui ? Quand ?

– Personne n'est...

Jeanne cherche ses mots. Et comprend le ridicule de ce qu'elle s'apprêtait à dire. Si personne n'est entré dans ce bureau, par quelle opération du Saint-Esprit cette clé USB s'y est-elle retrouvée ?

– Qui est venu ici ?

Jacky Deviller serre les poings. Jeanne ne l'a jamais vu comme ça. Elle est obligée de s'assoir. Sans même demander l'autorisation. Sur un des sièges en cuir sur lesquels Deviller installe ses visiteurs. En bras de chemise, le maire s'agite en jetant des coups d'œil inquiets par la fenêtre. Le visage creusé par les rides, la bouche légèrement ouverte, Jeanne tire nerveusement sur sa jupe stricte.

– Vous me le retrouvez ou j'appelle la gendarmerie ! C'est quelqu'un qui travaille pour moi et qui m'en veut ! Qui ose me faire ça ?

Jeanne est effarée. Elle tente de retrouver ses esprits. Elle ne parvient pas à se concentrer. Elle voudrait hurler à Deviller de se taire ! Les images de la veille sont hachées, floues, éparses. Hier, il a quitté la mairie vers 18h30. Il l'a même prévenue qu'il ne repasserait pas après son rendez-vous. Il a lui-même fermé son bureau à clef, comme tous les soirs. Elle a travaillé encore une petite heure. Elle se souvient qu'elle ne savait pas quoi préparer à dîner pour son fils. Elle hésitait même à faire un détour chez le boucher pour acheter des côtelettes d'agneau. Au moment de partir à son tour, elle a répondu à un coup de fil. Elle se souvient qu'elle était impatiente de raccrocher. Pressée, a-t-elle oublié de bien fermer son propre putain de bureau ? Oui, elle, la fidèle Jeanne, dit « putain » ! Dans un souffle, comme si c'était son dernier, elle chuchote.

– Je ne comprends pas, je ne comprends pas...

Deviller secoue la tête, fou de rage.

– Jeanne, vous annulez mes rendez-vous du jour…

Jeanne regarde machinalement la clé USB. Elle est grise et Deviller l'a posée au milieu de son bureau en chêne entre deux dossiers.

– La fenêtre était fermée, cette nuit ?

Jeanne sursaute. Elle ne sait pas quoi répondre.

– Monsieur le maire, personne ne peut grimper…

Elle bafouille. Deviller écarte les bras. Puis d'un geste brusque, il se saisit de la clé USB et la brandit.

– Comment a-t-elle atterri ici, alors ?

Jeanne est accusée. Pour une secrétaire qui s'est toujours fait un point d'honneur à être irréprochable, à tout gérer, tout anticiper, tout régler afin que son patron soit dans les meilleures dispositions pour assurer sa mission, c'est comme une petite mort. Elle sait qu'elle ne pourra pas retenir ses larmes dans quelques secondes. Deviller la tient pour responsable même s'il ne le dit pas. Elle doit l'assumer. Elle a failli. Le soleil déjà haut s'engouffre par la grande fenêtre du grand bureau, entre les rideaux blancs.

Jeanne se lève en s'appuyant sur le dossier du fauteuil. Elle est vieille, ridée, courbée, d'un coup. Sans même regarder Jacky Deviller, elle file vers son propre bureau passer quelques coups de fils pour annuler les obligations du maire. Elle est soulagée de quitter son emprise. De laisser Deviller à sa colère.

Mais qu'y a-t-il sur cette clé USB ? Machinalement, elle ouvre l'agenda du maire et se saisit du combiné téléphonique. Retrouver son calme, sa voix, son autorité.

– Bonjour, c'est le secrétariat du maire de Romorantin. Monsieur Deviller est contraint d'annuler le rendez-vous d'aujourd'hui...

Jeanne sent qu'elle retrouve son calme. Une chappe de plomb pèse sur la mairie. Dehors, sur le chêne centenaire qui jouxte le grand bâtiment blanc, quelques oiseaux osent briser le silence. De l'extérieur, l'ancien hôtel particulier bourgeois devenu aujourd'hui l'Hôtel de Ville, aucun signe ne laisse deviner de la tension qui y règne. Alors qu'elle referme sa fenêtre, au premier étage, Jeanne se penche pour vérifier qu'il est impossible de grimper depuis en bas. Elle se dit qu'elle devient folle. Une maman avec une poussette entre dans le petit square. Elle n'entend plus les oiseaux qui se répondent.

Dans son grand bureau, Deviller fait les cent pas. Une heure qu'il essaie de comprendre. Sur l'enregistrement qui a été copié sur cette clé USB, il avoue et signe. Comment est-ce possible qu'il se soit fait baiser par cette petite conne, place du Vieux Marché ? Cette histoire ne finira donc jamais ? Ses yeux se perdent sur un tableau accroché au mur. Une photo en noir et blanc du quai de l'Ile Marin, en centre-ville. 1946, juste après la grande Guerre. Deviller s'adosse au mur. Vexé et même humilié de sa naïveté. Il est tombé dans un piège grossier !

« Elle veut quoi de plus ? Des excuses, à genoux ? »

Deviller se rend compte qu'il parle à voix haute. Ce qui l'énerve encore plus car la porte de communication avec le bureau de Jeanne est ouverte. Il se dit qu'il la paiera, elle aussi. L'argent qui a été sa seule quête dans sa carrière politique, qui a tout acheté, tout corrompu. Ironie du destin, il l'achètera donc aussi. Cette fille à la chair molle et frustrée qui le regardait par en dessous, l'autre jour a un culot monstre.

« Pense à ta mère », lui a-t-il dit.

Depuis toutes ces années, Florence Durand, mère de Louise, n'était qu'un chiffre, sur un virement. Elle a brutalement repris forme humaine, sous les traits de cette fille blanche et haineuse.

« Il y a cinq ans, à Aix. C'était moi, la gamine blonde, sur le trottoir, cette nuit-là. J'ai bien changé, hein ? »

Deviller a retenu un à un les mots de l'enregistrement, ce matin, sur cette clé USB. Chacun lui a glacé le sang. La voix de Louise. Puis la sienne. Menaçante. Mais pas assez, visiblement...

« Pourquoi tu es venue ? »

Il passe sa main dans ses cheveux corbeau. Essuie la transpiration sur son front.

« Parce que je n'ai plus rien à perdre. Depuis cinq ans, j'y pense. C'est en vous revoyant que j'aurai le courage de porter plainte. »

Trois fois de suite, Deviller frappe du poing sur son bureau. Les mots s'enchaînent dans sa tête. A aucun moment, il ne s'est méfié.

« Cela te servira à quoi ? Tu n'es donc pas au courant ? »

Elle avait tout prévu. Elle ne payait pas de mine dans son vieux k-way mais elle l'a bien eu ! Pénalement, il risque gros. Politiquement aussi, forcément.

« Pense à ta mère... »

Il a eu le bon réflexe pour tenter de l'amadouer. Mais cela n'a pas été assez efficace, visiblement. Il doit frapper fort, plus fort.

« La salope... »

Deviller s'assoit, se prend la tête entre les mains. Il n'était même pas dans son état normal, durant cette nuit d'août, il y a cinq ans.

« Je ne suis pas un violeur… »

Il a presque crié, seul dans son grand bureau. La porte de communication avec le bureau de Jeanne est toujours ouverte.

Chapitre 14

Mes mains sont crispées sur le volant. Je m'en rends compte. Parce que dans deux arrêts, Louise montera dans le bus. Normalement. C'est son heure. Je suis très attentif à la route à m'en faire péter les pupilles. Car cette nuit j'ai peu dormi. Je suis allé à la mairie vers trois heures du matin. J'ai fait plusieurs détours pour m'assurer que les rues étaient vides et les rideaux tirés à toutes les fenêtres des rues adjacentes. Je suis passé par derrière le grand bâtiment blanc pour entrer par l'issue de secours. J'ai trouvé facilement. Arès avoir tourné la clé dans la serrure, j'ai attendu, tapi dans l'ombre un bon quart d'heure, pour m'assurer que je n'avais pas déclenché une alarme directement reliée à la gendarmerie. Puis tout s'est déroulé comme prévu. Mais je suis rentré chez moi à cinq heures et j'ai dû somnoler quelques minutes. Je baisse le pare-soleil du bus. Canicule encore. Mes yeux me font mal. Avenue Saint-Exupery. A gauche, le haut mur gris qui entoure le cimetière. Ma mère m'a dit un jour qu'elle voudrait être enterrée là. C'est sa ville. Toute sa vie. Ce soir, je lui rendrai les clefs. Je me demande si je dois jeter le blouson et la casquette que je portais cette nuit. Si quelqu'un m'avait vu, malgré mes précautions ? Je me dis que je suis idiot, le maire ne va pas lancer un appel à témoins ! Il doit avoir d'autres soucis, en ce moment. Je me souviens qu'à aucun moment, je n'ai eu peur. Même en constatant que le bureau du maire était fermé à clef. Mais celui juste à côté, lui, ne l'était pas. Celui de ma mère. J'étais fier mais pas surpris de voir comme il était bien ordonné. Je suis entré chez le maire par la petite porte de communication entre les deux bureaux. J'imagine ma mère, plusieurs fois par jour, ouvrir cette petite porte et glisser timidement une tête pour demander à Deviller s'il a besoin d'un café, lui signaler ses rendez-vous. Je l'imagine, lui, grommeler ou, au pire, l'envoyer chier. Sauf que ma mère, on ne l'envoie pas chier ! Et on ne viole pas d'adolescente, non plus !

J'ai déposé la clef USB en évidence. Avec le mot que j'avais décidé. Ecrit au marqueur en majuscules avant de partir. Je l'avais glissé dans ma poche.

« Ton crime ne restera pas impuni »

Evidemment, j'avais des gants. Pas d'empreinte sur la feuille. Même si je ne suis pas fiché.

« Sale con ! », j'ai même dit !

Logiquement, il l'a trouvée et écouté son contenu, à l'heure qu'il est.

Je baisse la vitre avant pour avoir un peu d'air. Mais de l'air, il n'y en a pas. Juste le soleil, encore, et la chaleur infernale depuis plus de deux semaines. Je conduis d'une main. Un dernier croisement et je saurai. A droite, rue Jean Monnet. Je respire plus vite. Elle est là. A cinquante mètres, à l'ombre de l'arrêt de bus. Elle a l'air si fragile. J'ai pensé à mille façons différentes de lui rendre son portable. A mille phrases. Je n'en ai retenu aucune. Tee-shirt vert, k-way bleu. Elle me fait un léger signe pour que je stoppe le bus. Mais je ne pense qu'à ça depuis hier, Louise, de te voir monter dans le bus ! Alors évidemment que je vais marquer l'arrêt ! Je ne réfléchis pas. Sinon, je n'oserai pas.

– Vous avez oublié votre portable dans le bus, hier.

Je guette sa réaction. Elle semble soulagée. Elle sourit. Je n'ai pas l'impression qu'elle l'a fait exprès. Pas de regard appuyé pour voir si je sais. Pourtant, je sais, Louise. Dois-je te le dire ? Est-ce justement ce que tu attends ?

– Merci… Je m'en doutais. J'ai hésité à venir le récupérer hier mais je ne savais pas où…

Louise sourit. Sa vie est cassée, mais au moins, il ne lui a pas volé son sourire. Je sens une bouffée de chaleur monter en moi.

– Il était resté sagement sur votre banquette. Une passagère me l'a signalé.

Je le vois dans ses yeux, dans son attitude. Elle ne cherche pas le moindre signe qui lui indiquerait que j'ai écouté cet enregistrement. Comme si elle se foutait de sa propre intimité. Louise va s'asseoir, au fond, à gauche, comme d'habitude. Je contourne le stade Tournefeuille. Il y a un jeune en short, qui fait rebondir un ballon. A chaque virage, je respire un tout petit peu plus vite. C'est imperceptible mais je ne peux pas m'en empêcher. J'ai peur qu'une voiture de gendarmerie surgisse par surprise, bloque le bus, que des hommes armés me tiennent en joue et me menottent devant mes passagers. Alors que c'est impossible, personne ne m'a vu, cette nuit. Et même si on m'avait vu, on ne m'aurait pas reconnu. Je n'ai laissé aucune trace, aucun indice. J'ai essuyé la clef USB avec un kleenex avant de la poser sur le bureau du maire.

Tout ça pour quoi, Louise ? On va y arriver, ensemble ? Je la cherche dans mon rétroviseur. Sur sa banquette habituelle, elle regarde par la vitre. Elle s'en fout de moi. Elle m'a déjà oublié.

Le cheval est de mauvaise humeur ce matin. Franck tente d'apaiser « Clovis du Rouret ». Exceptionnellement, il l'a sorti de son box pour l'emmener au tuyau. Une bonne douche après le pansage à sec. Le cheval se calme. Il aime que Franck s'occupe de lui.

– Tu es nerveux mon Clovis ? Trop de drogue cachée dans ton box ? Je n'ai confiance qu'en toi…

Franck passe l'étrille sur le dos du cheval pour désincruster la poussière. « Clovis du Rouret » est maintenant immobile. Il sait qu'il aura droit à la douche. Franck effectue mécaniquement les gestes qui apaisent le pur-sang. Cercles concentriques dans le sens du poil du cheval. La chaleur matinale est douce. Franck sent l'excitation monter. Pourquoi pense-t-il à elle ce matin ? Lisa est en ville. Il s'étonne que cette gamine de seize ans provoque chez lui autant de sentiments confus. Il plisse les yeux. Se souvient. Il a remonté ses mains le long de ses cuisses. Elle respirait fort. Il a écarté ses cheveux blonds pour découvrir son visage d'ange. Ses lèvres roses se sont entrouvertes. Elle avait un peu peur mais elle lui faisait confiance. C'était l'année dernière.

– Franck !

Le moniteur d'équitation sursaute, frustré d'être interrompu en plein rêve délicieux.

Il frotte énergiquement Clovis du Rouret, toujours immobile.

– Oui monsieur De Kerkhove ?

– On a un petit paquet à préparer. C'est à consommer sur place. La fille du maire et ses copains. Des fils de bonne famille… Dans quelques jours. Quatre grammes de cannabis. Il peut y avoir plus. C'est pour la fille du maire.

Franck sourit. Justement, il pensait à elle. Lisa. Elle doit être une vraie femme, maintenant… Il s'en veut un peu d'avoir forcé la porte étroite de l'adolescence alors qu'elle n'avait que quinze ans. Le soleil est déjà haut, au-dessus des hêtres du centre équestre. Tout à l'heure, il arrosera le manège. De Kerkhove est déjà reparti. Franck est seul pour plonger dans ses délicieuses pensées. Le cheval est calme, apaisé. Il lui avait fait le grand jeu, à la jolie blonde. Il avait dix-neuf ans. Il n'y a pas de honte.

– Louise ?

Le rédacteur en chef adjoint de la Nouvelle-République, qui dirige l'agence de Romorantin, n'élève jamais la voix. Louise sursaute, malgré tout. Depuis que son portable a disparu pendant vingt-quatre heures, elle s'attend à tout. Comme si toute la ville était liguée contre elle. L'ennemie. Celle qui veut faire tomber son maire.

– Tu peux venir dans mon bureau…

Assise devant son ordinateur, Louise regarde ses collègues, cherchant du réconfort. Qu'est-ce qu'il lui veut ? Le pigiste sports est concentré sur ses notes. La journaliste de permanence, qui prépare un gros dossier sur les prochains travaux en centre-ville n'a même pas entendu. Louise est seule, encore.

Ils sont tous complices. Elle en est persuadée. La maire s'est plaint, elle va se faire virer. Elle essuie ses mains sur son tee-shirt vert. Se lève. Traverse le petit couloir qui mène au bureau du rédacteur en chef adjoint. Elle écarte une chaise, se retourne sur le petit open-space. Personne ne la suit des yeux. Mais ils savent. A gauche, dans un petit bureau vitré, elle voit le vieux journaliste qui travaille ici depuis plus de trente ans, placardisé à la rubrique nécro. Il semble somnoler. Louise distingue, faiblement, de la musique classique qui sort de son poste de radio posé sur son bureau poussiéreux. Les murs sont blancs. La machine à café, au bout, près de la photocopieuse, ne fonctionne plus depuis une semaine. A côté de la porte des toilettes, un poster dédicacé d'un groupe de rock régional, les Arcanes. Le chanteur sourit, en faisant les gros yeux, les autres membres tiennent chacun leur instrument en évidence, la fille au synthé, lève les bras en l'air. Un téléphone sonne, un peu plus loin, sans réponse. Louise regarde une dernière fois tous les détails de cet univers qu'elle aime bien finalement, depuis un mois qu'elle travaille ici. Mais maintenant c'est fini, elle est virée. En alerte, tente d'entendre une bribe de conversation. Par la vitre de son bureau, son chef, en bras de chemise, lui sourit et lui fait signe d'entrer. Louise n'est pas dupe. Elle toque sur la porte du bureau, pour le principe et entre.

La fille blonde ne se retourne pas.

– Voici Louise !

La blonde tourne la tête. De dos, Louise avait cru voir une adulte. Son sourire est forcé. Elle se lève de la chaise et tend la main.

– Lisa, la fille du maire, en stage quelques jours. Son papa t'a croisée, durant le week-end à la fête des Saveurs et tu as bien voulu que Louise te suive dans tes reportages. Il te remercie et moi aussi…

Louise serre la main de la fille. Lisa plante ses yeux dans les siens. Louise fuit du regard. Happée par la vision de cette chevelure blonde, qui tombe en cascade. Comme la sienne, avant.

« Mais je les ai rasés. A cause de ton père… »

Dans son esprit les sentiments se bousculent. Sensation étrange, gênante.

Deviller est fou. Il a quand même envoyé sa fille ! Louise pensait qu'il changerait d'avis après qu'elle lui ait vomi sa haine. Engoncée dans son jean trop serré, le tee-shirt informe qui pendouille, elle rougit. Gênée. Parce que devant elle, c'est elle, il y a cinq ans. Parce que devant elle, une jeune fille qui souffrira si elle porte plainte contre son père. Et pourquoi elle ne souffrirait pas, à son tour ? Il n'y a que Louise qui a droit au malheur ? Cette fille devant elle semble fragile, tout à coup. Et si elle lui disait tout ?

– Bonjour

Lisa n'a aucune envie de devenir journaliste. Encore moins de suivre Louise. Politesse convenue, sans conviction. Même le rédacteur en chef semble gêné.

– Où as-tu prévu d'emmener Lisa, Louise ?

– Je vais à la base nautique, jeudi, comme je t'en avais parlé… En attendant, cet après-midi, je rends visite à la petite vieille qui fait des collections originales…

– Ah oui, exact… Lisa, je vous confie aux mains de notre Louise, qui travaille avec nous depuis plus d'un mois et qui apporte beaucoup aux pages Romorantin !

Lisa saisit son sac à dos au pied de sa chaise. Louise la fixe. Cette fille lui est déjà familière. C'est son miroir. Avec cinq ans de moins. Elle ne sait pas pourquoi, mais elle en est persuadée.

Chapitre 15

– Anicet !

Vigilance canicule ce matin encore. En bras de chemise, le front déjà perlé de quelques gouttes de sueur, Deviller se penche sur la rambarde de l'escalier, au premier étage de la mairie. Il est d'une humeur de chien.

– Anicet, bordel !

Anicet, le souffle court, monte les marches quatre à quatre. Arrivé en haut de l'escalier, il a un mouvement de recul. Deviller d'un geste agacé, lui indique d'entrer dans son bureau.

– Oui Monsieur le maire ?

Deviller est debout, face à lui. L'Antillais s'attend à chaque fois au pire. L'opposition municipale est en guerre permanente avec le maire à son sujet. Un salaire de vigile, ici ? On n'est pas à Paris, Marseille ou Lyon ! Ce sont des frais inutiles pour la municipalité. Il sait bien, Anicet, que Deviller a besoin de lui pour des tâches, disons... extra-municipales. Car il n'est peut-être pas très costaud mais à son poste, il voit et il entend. Beaucoup. Sur tout. Il est très observateur et corvéable. Deviller fixe l'Antillais. La lourde porte du bureau est fermée. Ils sont seuls. Anicet se dandine légèrement, sans même s'en rendre compte. Dehors, la touffeur accablante fait craindre un orage. Anicet réajuste maladroitement sa cravate. Les secondes sont des heures. Enfin, le maire prend la parole.

– Vous avez une voiture ?

Anicet ne peut s'empêcher de souffler. Il s'attendait à pire, bien pire. Le maire est en panne ? Si ce n'est que ça, pas de problèmes ! Il sourit de s'être angoissé pour rien.

– Oui Monsieur le maire. Mais elle est garée chez moi. Je viens à pied, le matin. J'habite…

Deviller tente de cacher son agacement.

– Oui, je sais…

Anicet, surpris, sent la main du maire frôler la sienne. Des bouts de papier ?

– Mais ?

Le vigile baisse la tête. Trois billets de cinquante euros.

– Prends…

Le maire le tutoie tout à coup. Gêné, Anicet espère que personne ne va entrer dans le bureau à cet instant. L'atmosphère est lourde. L'alerte canicule n'a toujours pas été levée sur la région Centre.

– J'ai besoin d'un service.

Deviller tapote la nuque d'Anicet. Le vigile, mal à l'aise, hésite.

– A quoi … ? Je ne sais pas, euh, oui…

Deviller le rassure, chaleureux.

– Je n'ai confiance qu'en toi.

Anicet sourit maladroitement. Vigile, cela lui allait parfaitement. Les responsabilités, moins. Beaucoup moins. Deviller est un méchant, malgré son apparente familiarité. Il ne pourra pas le décevoir quelle que soit la mission.

– Ce soir, tu viens te garer chez moi vers 18h…. Au 3, allée des Chênes.

Anicet transpire. Ses yeux roulent comme des billes. De la sueur coule le long de ses bras, de son dos. Le maire tend son index, parle lentement. Anicet jette des coups d'œil furtifs par la grande baie vitrée du premier étage, comme pour s'échapper. Dehors, la lumière est blanche.

– Plus exactement, tu te gares à cinquante mètres, avec, toujours en vue, mon portail d'entrée…

Pour se donner du courage, Anicet tâte, dans sa poche, les billets de cinquante euros.

– La fille du journal, celle qui se néglige, avec les cheveux ras et son k-way vert. Tu vois qui c'est ?

Sans conviction, Anicet fait signe que oui, de la tête. Deviller lui saisit le bras.

– Oui, tu es sûr ?

Anicet imagine cette fois le pire. Ça tourne, dans sa tête. Trop vite. Il hoche la tête.

– Elle est censée ramener Lisa à la maison. Elles vont passer la journée ensemble. Enfin peu importe. Tu sais, ma fille, elle compte beaucoup pour moi et je fais attention à ses fréquentations, surtout ici, avec les jeunes qui trainent à rien foutre…

Anicet se dandine, gêné. Il se dit qu'il aimerait la sortir, lui aussi, Lisa. Il pense à ses longs cheveux blonds, ses lèvres roses d'adolescente, son innocence.

– Tu m'écoutes ?

Il sursaute.

– Tu ne lâches plus cette journaliste jusqu'à ce qu'elle rentre chez elle se coucher. Je veux savoir où elle habite, ses horaires, ses fréquentations... Pareil demain. Tu as deux jours devant toi. Personne ne te cherchera ici, où c'est moi qu'on trouvera.

Anicet donnerait les millions qu'il n'aura jamais avec son salaire de vigile pour être à cet instant sur une plage de Fort-de-France avec ses copains d'enfance, jouant au foot et draguant les vieilles touristes venues pimenter leurs vacances.

Deviller poursuit.

– Je pourrai me renseigner auprès du patron du journal mais je ne veux pas qu'il se demande pourquoi je m'intéresse à une insignifiante stagiaire… Je ferai passer ton absence en congé maladie. Je viens de te donner cent cinquante euros. Tu auras le double après-demain. Tu as pigé ?

Deviller plante ses yeux dans ceux d'Anicet.

– Tu l'aimes bien Lisa, non ? Tu m'as même demandé de

la saluer pour toi quand j'ai été la chercher à la gare, l'autre jour.

Anicet tente de rester calme, oppressé par le regard de Deviller, comme une étreinte. Il n'a pas de mouchoir, alors il s'essuie le front avec le plat de sa main, puis essuie sa main sur son costume. Il sourit, mais c'est mécanique. Il n'est plus naturel.

– Oui, bien sûr, je l'ai vu grandir ici, tous les étés ! Elle est…

Deviller le coupe.

– J'ai besoin de tout savoir sur cette journaliste à qui je confie ma fille. Tu comprends ?

Anicet joue au foot sur la plage… Avec son copain Eddy, ils s'arrêtent soudain et sifflent deux blondes pas très fraiches, en paréo et chapeau de paille… Il y croit tellement fort que son rêve va se réaliser… Mais non. Il est bien dans le bureau du maire. Il s'affaisse légèrement quand Deviller lui tape à nouveau sur l'épaule.

– Si tu as besoin de plus pour l'essence, tu me le diras.

Le maire de Romorantin lui donne une dernière accolade, lui fait signe qu'il compte sur lui et se dirige vers son grand fauteuil. Le vigile souffle lentement avant de se décontracter la nuque.

Jacky Deviller en est persuadé. Il trouvera la faille de Louise. Et de ses complices, qui ont réussi à déposer une clé USB avec ses aveux sur son propre bureau. Il sourit légèrement. Le hasard a voulu qu'il confie Lisa à cette journaliste… Quelques minutes avant de découvrir qui elle était. Une aubaine ! Il n'a pas changé d'avis. Lisa est un GPS idéal pour pister cette Louise ! Où vit-elle, qui voit-elle et à quel moment elle est vulnérable… Anicet qui se dandine toujours.

– Et surtout qui elle fréquente…

Chapitre 16

Lisa écarte les draps. Sa chemise de nuit est relevée sur ses cuisses. Elle a rêvé de Franck. Mais elle ne s'en souvient pas bien. Souvent, ses rêves sont incompréhensibles. Mais ce n'est pas grave. Celui de cette nuit lui donne le sourire. Elle se sent chaude. Elle n'a pas besoin de se lever. C'est le jour de congé de Louise. Pas de reportage aujourd'hui. Quand elle a annoncé à son père que la journaliste passait la matinée à Tours pour raisons personnelles, il a souri. Il semblait satisfait. Il a même dit qu'elle méritait bien de se détendre de temps en temps. Etrange. Mais Lisa s'en fout. Elle aimerait bien prolonger son rêve. La soirée fumette est prévue à la fin de la semaine. Elle emmènera Louise. Qui ne représente aucun danger dans l'optique de reconquérir Franck.

Une petite bise s'engouffre par la fenêtre ouverte. Dans le jardin de la propriété de Deviller, l'herbe est jaunie par le soleil. Le 4x4 Mercedes blanc est garé au bout de l'allée de graviers, sous un abri en bois. Derrière la haie de thuyas, un chemin vers la forêt. Une sirène retentit au loin puis la maison replonge dans le silence. Lisa se doute que son père est déjà parti. Elle a envie de penser à Franck, et promène sa main entre ses cuisses. La première fois qu'elle s'est caressée, c'était à Aix, il y a deux ans. Une copine chez qui elle avait été invitée à dormir l'a initiée. A quatorze ans, Lisa passait le week-end chez les unes, chez les autres. Elle sortait, parlait mal, travaillait peu. Sa mère avait lâché prise depuis un bon moment déjà. Le lycée avait plusieurs fois prévenu. Sans réponse. Son père, élu maire de Romorantin un an plus tôt, connaissait bien le directeur du lycée. Elle ne redoublerait pas.

Avec son index, Lisa frôle les lèvres de son sexe. Elle

plisse ses yeux verts comme lorsqu'elle veut séduire un garçon. Et dans sa tête, depuis plusieurs semaines, le garçon, c'est Franck. A l'affût du moindre bruit dans la maison probablement vide, elle remonte la main vers ses petits seins. Elle se force à respirer plus vite, plus fort. Elle veut se soulager, ce matin au réveil, pour s'accorder un peu de répit… Jusqu'à ce que l'envie revienne, sûrement cet après-midi. Lisa est partagée entre la fierté d'être une grande, déjà, attirante, sexuée, tellement plus évoluée que la plupart des filles de son âge. Mais dépendante, aussi. Ce n'est plus un besoin, désormais, mais un réflexe. Parfois, elle le fait sans plaisir. Mécanique.

Hier, Louise lui a dit qu'elle lui ressemblait, au même âge. Mais que la vie est fragile. Et si elle bascule, c'est l'engrenage. Que la sienne avait basculé et qu'elle n'avait pas tenu le choc. Qu'elle est tombée et a abusé. De tout. Elle a eu un sourire triste. Mais un sourire magnifique. Lisa n'a pas osé poser de questions à Louise. Elle est persuadée que cette fille a été jolie. Avant de devenir bouffie, cernée, triste. Elle ne la verra que cet après-midi. Louise a pris sa matinée. Elle se demande où elles iront en reportage.

Avec ses mains, Lisa n'ose pas aller au bout. Peut-être sous la douche, avec le jet. Comme souvent.

Soudain, son portable vibre sur la petite table de nuit. Envie coupée.

– Allo ?

– C'est papa. Tu veux déjeuner à la mairie, avec moi ?

– Euh, non…

– Tu as du jambon dans le frigidaire. J'ai acheté des yaourts, aussi…

– Ok, je trouverai.

Lisa s'apprête à raccrocher. Soudain, elle se demande si son père l'a surprise, un matin. De toute façon, il ne lui aurait rien dit.

– Lisa ? Tu m'entends ?

L'adolescente souffle, agacée.

– Oui ?

– Tu vois ta copine Louise, aujourd'hui ?

– Pas ce matin. J'ai rendez-vous au journal avec elle à 14h.

– Elle ne travaille pas ce matin ? Elle t'a dit ce qu'elle faisait ?

Lisa est surprise par la question de son père. Qu'est-ce que cela peut lui foutre ?

– Non, je ne sais pas. A plus…

Lisa reste immobile quelques secondes, le portable à la main. Son père semblait lui-même gêné d'insister. Lisa se lève, jette un coup d'œil dans le miroir de sa chambre. Elle retire sa chemise de nuit. Elle est nue. Elle se tourne, joue devant son reflet. Avant de s'oublier dans la douche.

Louise est à nouveau dans mon bus, ce matin. En tee-shirt vert et k-way vert. Elle ne va pas travailler ce matin puisqu'elle n'est pas descendue à l'arrêt habituel. Elle a l'air si fragile. J'ai envie de protéger cette fille dont j'ignorais l'existence le mois dernier. Qui n'est même pas jolie. Mais quand elle sourit, elle est lumineuse, d'un coup. Pourtant, ce matin, je ne pense pas au sourire de Louise. Je ne sais pas pourquoi mais j'ai peur. Depuis quelques minutes, j'observe un manège qui m'inquiète.

– Bonjour madame ! Pas trop chaud ? Asseyez-vous, je redémarre…

Je n'ai pas ma voix habituelle en saluant la passagère qui monte à l'arrêt « Ancien Moulin ». Il n'y a vraiment personne en ville, cet été. Je me réinsère dans la circulation. J'ai un nouveau coup de chaud. La voiture, derrière, est toujours là. A chaque fois que je m'arrête, elle se gare et repart en même temps que moi. Je me suis rendu compte juste après l'arrêt où Louise est monté. Elle est à une cinquantaine de mètres. J'arrive vaguement à distinguer le conducteur. J'ai l'impression qu'il est black. Pas sûr. Faut que je me concentre sur ma route. Louise, assise au fond, à gauche, a le regard perdu, le visage presque collé à la vitre. Arrêt Gare Routière. Soudain, Louise se lève. Je stoppe mon véhicule. Elle regarde dans ma direction, les yeux dans le vague, attend l'ouverture des portes et se noie dans le halo de chaleur. Je jette un coup d'œil dans le rétroviseur extérieur... La voiture qui suit le bus depuis maintenant une demi-heure s'est arrêtée. Je suis paralysé. Le conducteur ne peut pas me voir. Il suit Louise, c'est évident. La peur au ventre, je ne peux pas décrocher mon regard de la scène. Mon bus est toujours arrêté. Je sens les gestes d'impatience, derrière moi. Mais je ne peux pas repartir tout de suite...

Je me retourne vers les passagers. Il en reste quatre. Une nounou et un enfant blond, un couple de personnes âgées, un jeune homme en survêtement.

– J'ai eu un petit coup de fatigue, messieurs dames. Je respire quelques minutes et on repart.

Je ne sais pas ce qui me prend. Mais c'est la seule solution. Je me lève, déverrouille la porte avant. J'imagine la gueule de mes passagers. Je m'en fous. Je sais que je risque une mise à pied si mon chef apprend que j'ai interrompu mon service sans raison. Je ne suis plus dans mon état normal. Comme aimanté. Sur le trottoir, je cherche du regard la voiture suiveuse. Je la vois. Elle est vide ! Je tourne la tête vers les cars alignés le long de la gare routière. La journaliste est au pied de l'un d'eux. Elle s'apprête à monter. De l'autre côté du parvis, un black, au costume trop grand pour lui, l'observe...

Le moteur du bus continue à tourner. Le soleil m'aveugle.

– On y va ?

Un type chauve qui est monté dans le bus deux arrêts plus tôt m'a rejoint sur le trottoir. Il semble impatient. Je transpire. Je souffle pour tenter d'évacuer la tension. Louise a de bonnes raisons d'avoir peur. Elle semblait très calme dans le bus. Elle n'a pas conscience du danger. Mais moi, j'ai tout vu. Et je ne ferai rien. Je n'en suis pas capable. J'ai peur. J'ai honte.

– Remontez dans le bus, monsieur…

Le type me regard bizarrement. Il ne sait pas que Louise est en danger. Je remonte dans le bus pour fuir le soleil que frappe brutalement. Comme pour me faire mal. Le volant entre mes mains, me rassure. Je démarre. Je tourne la tête une dernière fois. Le type black repart vers sa voiture.

– Ils seront nombreux, samedi soir ?

De Kerkhove fait une moue dubitative pour montrer à Franck qu'il n'en sait rien. Puis sourit.

– Du moment qu'il y a la fille du maire… Hein Franck ?

Le propriétaire du centre équestre transpire déjà dans sa chemise rose qui le boudine. Franck fait semblant d'être étonné.

– Je ne vois pas à quoi vous faites allusion, rigole le moniteur d'équitation.

En short vert et débardeur, il porte une selle. Sur ses avants bras, les veines apparentes témoignent de l'effort. La selle est lourde mais Franck ne semble pas faire d'effort. Ses biceps sont parfaitement dessinés. A l'évocation de Lisa, ses yeux d'un bleu profond fixent De Kerkhove.

– Ce n'est pas dangereux d'accueillir la fille du maire ? A son âge, elle peut parler à son père sans même se rendre compte des conséquences.

De Kherkhove balaye fièrement du regard le centre équestre.

– Avec Deviller, on ne s'aime pas, mais on a trouvé un

équilibre. Disons qu'on se tient mutuellement. De toute façon, je ne pense pas qu'il soit au courant que sa fille fume chez moi.

De Kerkhove joue les mystérieux avant de poursuivre.

– Je t'expliquerai…

Franck fait un signe de la tête. Le soleil cogne un peu plus encore que ces derniers jours. Les premiers élèves vont bientôt arriver pour leur stage. La selle sur les bras, Franck tend le cou pour apercevoir l'heure sur sa montre.

– Elle est lourde…

De Kerkhove indique les box, de l'index.

– Tu me prépares « Ambitieux de Lisboa » et tu me le sors…

Devant les box, l'herbe pelée a jauni. Sous le tuyau jaune, une flaque d'eau, une brosse et un seau. Les chevaux sont douchés, dès le matin. Sauf « Ambitieux ». Il a peur de la douche. Lui, c'est éponge et couverture microfibre mouillée. De Kherkove avait hésité quand il a fallu choisir dans quel box planquer la dope. Celui d' « Ambitieux de Lisboa » ou celui de « Clovis du Rouret ». L'idée était excellente mais il ne fallait pas se tromper. Ils en ont parlé toute une soirée avec Franck. Avant de trancher après quelques whiskies.

Franck entre dans le box.

– Bonjour beau cheval…. Tu as chaud encore aujourd'hui… Laisse toi faire…

Franck caresse le flanc blanc d' « Ambitieux de Lisboa ». Il place le tapis vers l'avant du garrot. Puis le fait légèrement glisser pour replacer les poils dans le bon sens. Le cheval souffle, l'œil écarquillé. Franck dépose la selle sur son dos en vérifiant que la sangle soit bien pliée sur le siège. Ses gestes sont sûrs. Il maintient le tapis de selle pour que celui-ci ne bouge pas dans la manipulation. L'an dernier, c'est sur ce cheval là qu'il a emmené trotter Lisa. « Clovis du Rouret » est encore trop sanguin.

Franck pense à Lisa. Sentiment confus. Il est impatient de la posséder à nouveau. Pourtant, elle n'est qu'une enfant ! Comment se fait-il qu'elle l'obsède ? Il pourrait sans problème se taper des filles plus mûres. L'autre jour, à Blois, il a croisé son regard avec celui d'une brune et il s'est même arrêté, dans la rue, pour lui sourire. Elle semblait pressée et a dû continuer son chemin, visiblement à regret. Mais Lisa, même si elle n'a que seize ans, dégage une sorte de sexualité presque animale. Tout est doux et puissant. Ses cuisses élastiques. Son regard fixe, sans équivoque. Sa chevelure de feu. Sa cambrure. Elle lui a offert ce qu'une jeune fille a de plus précieux. Sa première fois.

– Viens …

« Ambitieux de Lisboa » est bridé. Il sort, majestueux. Franck referme la porte. A quelques mètres de là, il entend gratter. C'est « Clovis du Rouret » dans son box. Il sent son regard. Comme s'il était jaloux. Pourtant, les chevaux ignorent le sentiment de jalousie. Lorsque « Clovis » aperçoit Franck s'occuper d'un autre cheval, il sent simplement la bonne occasion de lui aussi recevoir des soins, des caresses. Franck s'est fait une raison. Il aurait bien aimé susciter de la jalousie chez ses chevaux. Lisa, elle, doit être jalouse. Tellement fière et sûre de sa beauté, il l'imagine folle de rage s'il tentait d'en séduire une autre en sa présence.

Les premiers clients se garent sur le parking. Un peu de calme, pour quelques secondes encore. Franck emmène « Ambitieux de Lisboa » vers le rond de longe. En contournant les box, il aperçoit un poney qui s'agite dans la stabulation libre. Le petit bâtiment couvert offre un peu d'ombre aux cinq bêtes regroupées autour de la paille. Le visage de Franck se ferme. Dans moins d'une heure, il doit donner un cours de voltige. Il se concentre déjà. « Ambitieux de Lisboa » a besoin de travailler à la longe. Franck chasse Lisa de son esprit. Il se retourne en tenant fermement le licol d' « Ambitieux de Lisboa ». Les enfants descendent des voitures. Le centre équestre reprend vie. Dans un ciel bleu immaculé, le soleil brille et brûle le petit chemin en pierre sur lequel claquent les sabots du pur-sang blanc.

Chapitre 17

Louise caresse les cheveux de l'enfant qui ne guérira pas. Par la fenêtre ouverte, un courant d'air chaud. L'enfant souffre de la canicule. Sa tête penche, il a du mal à la contrôler. Alors souvent, il abandonne, à bout de forces. Il doit faire un effort pour regarder Louise. Ses pouces se plient et se déplient sans arrêt. Dans ses yeux, un voile de tristesse. Comme s'il savait. Ou peut-être que c'est Louise qui pleure déjà.

– Tu as vu la vache ? Elle regarde les petits veaux pour pas qu'ils s'éloignent trop de la maison, dit Louise.

Jules joue maladroitement avec des animaux en plastique. Des jouets abîmés passés entre les mains de tous les enfants de l'hôpital depuis des années. Son seul univers, entre les quatre murs blancs de la petite salle de jeux. Jules devrait rire aux éclats dans le jardin de la maison familiale avec papa et maman comme tant d'enfants de cinq ans. Jules devrait entrer en cours préparatoire l'an prochain. On ne dirait pas qu'il a cinq ans, à cause de son retard de croissance. Il ne connaîtra jamais le cocon familial et n'ira pas en maternelle. Dans la plupart des cas, la maladie de Krabbe, qui affecte le système nerveux, se déclare chez le nouveau-né, entre 2 et 6 mois après la naissance. Chez Jules, elle s'est déclarée plus tard. La différence, c'est qu'il mourra plus tard. Parce qu'il n'y a pas de remède. Jules est en sursis. Louise le sait.

– Et là, le cochon va boire de l'eau parce qu'il a chaud !

Soudain, Louise lève la tête. Dans l'encadrement de la porte, le visage fatigué de l'infirmière.

– Vous allez bien ? Merci d'être là. Vous êtes la seule bénévole, ce matin.

En entendant l'infirmière, Jules tente de bouger la tête.

Emprisonné par ses membres raides.

– Je ne travaillais pas ce matin, j'ai eu envie de voir Jules.

Louise sourit en soutenant le dos de l'enfant.

– Merci, en tous cas. Pour lui... dit l'infirmière.

– J'espère qu'il me remerciera un jour, plus tard. Cela voudra dire qu'il a survécu.

Louise ne croit pas à ce qu'elle vient de dire. L'infirmière a la délicatesse de ne pas briser ses illusions. La jeune femme s'adosse au mur. Elle paraît quarante ans alors qu'elle a l'âge de Louise. Les mains dans les poches de sa blouse blanche, elle inspire longuement. Sa moue ne laisse aucun espoir. Louise le sait. L'infirmière lui a déjà expliqué. Elle s'était préparée, ce matin, dans le car. Comme à chacune de ses plongées en apnée, dure, violente, au CHRU de Tours. Elle essaie de venir toutes les semaines. Depuis l'article d'une collègue de la NR, sur la solitude à l'hôpital, l'été, elle a senti comme une évidence qu'elle avait besoin de donner quelques heures de son temps à des malades. Mais des malades sévères. Incurables. Qu'ils soient entre abîmés. Le premier jour, elle a reçu une formation obligatoire incluant notamment l'écoute et la confrontation au deuil. Puis on lui a fait visiter l'hôpital. Dans une pièce blanche, vide, elle a vu Jules. Il a cinq ans. Elle s'est dit que si un enfant était né de son viol, il y a cinq ans, il aurait été comme Jules. Parce qu'elle aurait tellement souffert, tellement pleuré, elle l'aurait tellement détesté, qu'il serait né abîmé. Elle en est persuadée. Un enfant de la violence et de la bestialité ne peut pas naître sans séquelles. L'aurait-elle gardé si elle était tombée enceinte du porc Deviller ? Elle ne sait pas.

Génétiquement déficient, dit l'infirmière. Jules lui donne de la force.

– Vous venez de Romorantin en car ?

– Oui, ce n'est pas trop cher. Ni trop long.

Le car, elle se le paye avec l'argent des passes. Bulent, Cheikh et les autres immigrés du Foyer des Jeunes Travailleurs lui donnent entre vingt et trente euros contre sa tristesse et sa viande froide. C'est avec le billet de Cheikh qu'elle a pu s'offrir le trajet de ce matin et un plat chaud dans un kebab de la gare de Tours.

– Je peux vous poser une question ?

L'infirmière parle doucement. Pour ne pas gêner Jules, sensible aux sons forts. L'enfant la regarde mais sans la voir. Louise essuie ses mains moites sur son tee-shirt vert. Elle se tourne vers l'infirmière, toujours debout contre le mur. Sous sa blouse ses jambes trop blanches portent un corps maigre. Les deux femmes se regardent. Se comprennent. Dans leurs yeux, la même tendresse, la même douceur.

– Oui ?

– Pourquoi vous faites ça ?

L'infirmière rougit de son audace. Jules a trouvé le chien en plastique. Il le pose près du tracteur. Sa peau est douce. Son corps si fragile. Une vie pour rien.

– Il m'apporte du courage. En le voyant, je n'ai pas le droit de flancher. J'ai des raisons de le faire, pourtant... Tout abandonner, même...

Tout est calme. Le rideau blanc les protège de la lumière crue du soleil. L'infirmière n'insiste pas. Louise apprécie le souffle de la légère brise qui entre par la fenêtre ouverte. Elle se sent apaisée dans cet endroit nu. Un meuble, dans le coin, pour les jouets, deux tables et quatre chaises d'enfants, posées sur un tapis bleu. Elle marque une pause, puis continue.

– Je pensais trouver de la douleur, j'ai trouvé de la joie, simple. Il a cinq ans, j'en ai seize de plus et je lui donne beaucoup moins que ce que je reçois.

Louise fait rouler le tracteur. Jules pousse un petit cri en secouant ses cheveux blonds, le genou gauche ramené sous la jambe droite.

– Tu as vu comme il est drôle, ce tracteur ? Il roule vers les champs car il faut couper le foin…

Jules, captivé par cette voix douce, penche la tête pour croiser le regard de Louise. Le tracteur a fait tomber le chien. Jules aussi tombera certainement. Très bientôt. Il a déjà perdu presque toutes ses facultés motrices. L'infirmière s'accroupit, pose une main sur l'épaule de Louise.

– Je vous laisse. C'est personnel minimum en août.

– Bon courage, Evelyne.

– Merci, Louise.

Le soleil inonde la pièce malgré le rideau. Une mouche est entrée et vole nerveusement, abrutie par la chaleur. La pièce à jeux de l'étage des enfants malades est plongée dans une semi-obscurité. Louise préfère. Jules ne verra pas ses larmes couler. Elle lui tend son index. L'enfant le serre entre ses petits doigts. Il n'en a plus que pour quelques mois, un an au mieux. Cela aura été sa vie à lui.

– Tu fais quoi ?

Elle regarde l'enfant concentré sur ses jouets, accroupi, le dos vouté, les cheveux bruns en désordre.

– La vache, elle n'a plus faim…, sourit Louise. Jules s'affaisse légèrement. Elle le retient.

Anicet fait mine de chercher son chemin dans ce grand couloir blanc. A chaque porte, une vitre à hauteur de tête. Deux fois, il est passé devant. Un coup d'œil discret. Pour bien imprimer l'image, fugitive et raconter à Deviller. La journaliste est assise par terre dans la pièce. Elle joue avec un gamin, en polo blanc. Il a du mal à se tenir assis. Il a des jouets dans la main. Chambre 6. Anicet prendra son plus beau sourire d'Antillais charmeur et demandera le prénom du petit garçon à l'infirmière qu'il a vu sortir de la pièce il y a quelques minutes. Il a juste eu le temps d'entrer dans les toilettes. Deviller sera content d'apprendre que la journaliste vient visiter un gamin, ici. Avec ça, il se démerdera. Anicet est mal à l'aise. Il ne peut pas faire plus.

– Bonjour, je peux vous aider ?

Anicet sursaute, une décharge électrique le tétanise. L'infirmière est maigre, le visage fatigué. Surpris, il ne sait même plus s'il bafouille.

– Je... Je dois repartir mais je ne trouve plus l'accueil, je n'ai aucun sens de l'orientation...

Son sourire semble adoucir la femme.

– Etage du dessous... Droite...

Anicet salue d'un mouvement du menton, se retourne et pousse un soupir de soulagement. Il n'a pas demandé le prénom de l'enfant. Trop surpris. Après tout, c'est peut-être mieux. Il n'a pas attiré l'attention.

Chapitre 18

– Bonjour Jeanne…

La secrétaire de Deviller sursaute. Sa porte était ouverte. Hésitante, elle dévisage, la fille blonde qui se tient debout face à elle. Au bout de quelques secondes, elle laisse échapper un petit cri avant de tendre les mains en signe de prière.

– Lisa ! Excusez-moi je ne vous avais pas reconnue !

Sincèrement gênée, Jeanne se lève en se tenant légèrement la hanche. De l'autre, elle vérifie son chignon. Lisa sourit de son chemisier marron d'une autre époque. Elle est contente de revoir Jeanne.

– Vous avez changé depuis l'an dernier ! Seize ans, c'est ça ?

Les deux femmes s'embrassent. Lisa dépasse Jeanne en taille. La secrétaire jette un coup d'œil inquiet vers le bureau de son patron. Il est au téléphone, absorbé par sa conversation. Elle baisse la voix, presque troublée par sa propre audace.

– Vous êtes trop grande, maintenant, pour venir vous enterrer ici… Vous voulez que je vous indique de jolies promenades à faire dans la région ?

Jeanne ne se rend pas compte de l'incongruité de sa proposition. Elle se plierait en quatre pour rendre le séjour de la fille de son patron le plus agréable possible. L'adolescente ne veut surtout pas contrarier Jeanne. Elle sourit intérieurement, persuadée que Jeanne est sincère en proposant à une ado de seize ans des idées de promenades. Elle imagine la tête de Jeanne si elle la surprenait en train de fumer dans les bras de Franck…

– Je vais m'occuper, ne vous inquiétez pas.

Jeanne comprend qu'elle n'a pas vraiment visé juste. Elle

ne se vexe pas.

– C'est gentil de venir voir votre père au bureau. Il sera content. Je vais le prévenir !

Lisa est venue en vélo. Elle sait que son père ne dîne pas souvent à la maison et elle appréhende les tête-à-tête. Ici, il sera plus réceptif. Ce matin, elle a renvoyé un sms à De Kerkhove.

– On sera deux de plus…

Il lui a répondu que cela ne posait aucun problème. Sa copine de Clermont Ferrand, chez laquelle elle a fait une halte de deux jours avant de venir ici, a été enchantée par l'invitation. Elle viendra avec son mec. Ils dormiront le soir dans un camping sur la route de Bourges. Alors pas question que son père lui gâche cette soirée.

– Ma fille ! Je ne m'y attendais pas !

Deviller se lève, lui fait signe de rentrer en rangeant machinalement son vaste bureau. Le soleil force l'entrée par la grande fenêtre. Au mur, une peinture de Romorantin entre les deux guerres. Lisa détourne le regard, s'avance vers son père.

– Je passais… Je voulais te demander quelque-chose…

Deviller semble ennuyé.

– Cela ne peut pas attendre ce soir ? On dîne ensemble, non ?

Lisa n'aime pas ce petit jeu. Son père n'a toujours pas compris que moins elle le voyait et meilleures seront ses vacances ici ?

« Ou en tous cas moins mauvaises… » pense-t-elle pour se donner du courage.

Deviller fixe sa fille, force un sourire. Il sait bien qu'elle ne vient pas pour voir le joli bureau de son papa.

– Je voulais te rappeler que je sors samedi soir… Tu n'as pas oublié, je suppose… dit-elle le plus naturellement possible.

– Tu veux de l'eau bien fraîche ? On a un distributeur dans le couloir. Jeanne !

Lisa se crispe.

– Papa...

Deviller fait un signe à sa secrétaire en mimant avec le pouce le geste de boire un verre.

– Oui tu me l'avais dit. Assieds-toi, ma fille... Je n'ai pas beaucoup redécoré mon bureau. Tu étais venue, l'an dernier ? Cela manque peut-être de petits bibelots, tu ne trouves pas ? Les petites voitures de course que j'avais sur les étagères du salon à Aix, par exemple ? Tu te souviens ?

Deville semble sincèrement heureux de parler à Lisa. Il en fait trop. Il regarde ses murs vides en faisant de grands gestes. Lisa se tient toujours debout. Jeanne toque à la porte et dépose un verre d'eau sur la table basse en souriant à l'adolescente.

– Papa... Je ne reste pas. Je suis juste passée te rappeler j'ai une fête samedi.

Deviller semble résigné.

– Et pour te demander de ne pas me faire suivre de ne pas m'imposer d'horaires. Ce sont mes vacances et j'ai seize ans.

C'est donc pour cela qu'elle est venue. Deviller souffle. En se rasseyant à son bureau, il tente de tirer un peu sur les rideaux pour se protéger du soleil.

– Tu vas où ? Comment ?

– Chez le même ami, à cinq kilomètres d'ici. Dans la voiture de Louise. Elle ne boit pas, t'inquiètes pas...

Lisa n'a aucune idée des habitudes de Louise après deux journées passées ensemble à l'occasion de ses reportages. Et même si elle ment, elle s'en fout. Deviller tente de contenir sa surprise.

– Encore cette Louise ? ... Vous êtes inséparables... Elle te raconte quoi ?

Lisa hausse les épaules.

– Rien de spécial. Elle vient d'Aix comme moi. Elle n'a pas eu la vie très facile mais elle se bat pour s'en sortir. Enfin, c'est ce que j'ai compris.

Deviller observe le moindre signe sur le visage de sa fille. Elle semble dire la vérité.

– Ah bon, elle est d'Aix ? D'où ? Qui sont ses parents ?

Deviller est nerveux. Lisa souffle, agacée, comme à chaque fois que son père aligne plus de deux phrases à son intention. Il faut clore le sujet.

– On n'en a pas parlé.

Connaissant Lisa, il n'en saura pas plus.

– Tu pars en reportage avec elle cet après-midi ? Tu sais déjà où vous allez ?

Deviller insiste, en forçant un sourire, peiné par la froideur de sa fille.

– A la base nautique.

Lisa le dévisage. Elle n'a pas obtenu ce qu'elle était venue chercher. Deviller comprend.

– Bien ma fille. Je ne te pisterai pas samedi. Je sais bien que tu es une grande. Mais tu m'enverras des sms de temps en temps.

Deviller bout, à l'intérieur. Ne rien montrer à Lisa. Il pense à Anicet. L'Antillais peut annuler s'il avait des projets pour samedi soir. Bien sûr qu'il la fera suivre. Cette Louise est dangereuse. Va-t-elle se venger sur Lisa ? Deviller marche sur un fil. Mais il ne pouvait plus se rétracter, l'autre jour, place du Vieux Marché, quand cette Louise s'est délicieusement rappelée à son bon souvenir. Cela aurait sonné comme un aveu de faiblesse. Il est coincé.

Sans même toucher au verre d'eau, Lisa se dirige vers la porte du grand bureau.

– J'y vais, je n'ai pas attaché mon vélo…. Au revoir Jeanne !

Jeanne pose le dossier qu'elle était en train d'agrafer, se précipite dans le bureau du maire.

– Bonne journée, Lisa, cela m'a fait plaisir !

Lisa descend les escaliers quatre à quatre. Le grand bâtiment est frais. Elle redoute de sortir dans la chaleur étouffante. Les pans de sa robe légère, blanche et bleu ciel, laissent deviner ses cuisses splendides. Elle s'attache les cheveux avec une barrette. Elle presse le pas, dans le hall, en regardant, par reflexe, son portable. Pas de message de Franck. Elle n'ose pas faire le premier pas. On verra samedi.

– A la gare routière, elle prend un car pour Tours. Vous savez, ces cars du réseau Rémi, qui dessert la région…

Deviller hausse la voix, agacé et toujours contrarié. Même plusieurs heures après que sa fille lui ait annoncé avoir une soirée. Il ne peut pas jouer la surprise, il s'y attendait. Il est presque quatorze heures, Jeanne n'est pas rentrée de la pause déjeuner. Il a convoqué Anicet dans son bureau. Pour prendre des nouvelles de la filature de Louise qui ne travaillait pas ce matin. Puis il lui dira au vigile, pour samedi.

– Je m'en branle, Anicet, du réseau mes couilles ! Et après ?

Le vigile fait un pas en arrière dans le grand bureau inondé de soleil. Il s'en rend bien compte que le maire est agacé par cette histoire. Il est observateur. Alors il se ressaisit et comprend qu'il faut aller à l'essentiel. Pas de digressions sans intérêt. Il tient à son poste. D'un trait, il raconte au maire la filature, l'hôpital de Tours, l'enfant. N'omet aucun détail important. A la fin, il doit presque reprendre son souffle.

Deviller semble intrigué. Il marque une pause, les deux mains jointes, en pleine réflexion. Puis il lève les yeux vers l'Antillais.

– Merci Anicet…

Le vigile semble soulagé. Il demande, d'un geste, l'autorisation de s'éclipser.

Deviller se lève de son fauteuil et s'approche de la grande fenêtre de son vaste bureau. Quelques flâneurs profitent du soleil, sur le parvis de la Mairie. En face, le boulevard. Quelques voitures sont arrêtées au feu rouge. Le soleil se reflète sur les pares-brises.

Qui est ce gosse dont parle Anicet ?

Soudain, Deviller entend un bruit dans le bureau de sa secrétaire. Elle vient de rentrer. Cela tombe bien.

– Jeanne ?

Il patiente quelques secondes. Son sac à main encore en bandoulière, Jeanne, ouvre la porte entre leurs deux bureaux. Surprise de voir Anicet, elle se tourne vers Deviller.

– Oui monsieur le maire ?

Deviller plisse les yeux, un petit rictus agacé au coin des lèvres…

– Qui je connais au Centre Hospitalier de Tours ?

– Je regarde…

Ce gosse qu'il ne connaît pas, c'est un moyen de pression qu'il n'espérait pas.

– Vous pouvez disposer, Anicet.

Trop content, le vigile, d'un geste de la tête, salue le maire et quitte le grand bureau, soulagé.

Jeanne, un cahier à la main, s'avance vers Deviller.

– Dans le répertoire, à CHRU Tours, j'ai les coordonnées d'un certain St Krieg, chef du pôle biologie médicale. Ce doit être Stéphane ou peut-être Stanislas, je ne sais pas…

– Cela ne me dit rien…, coupe Deviller.

– De mémoire, vous l'aviez rencontré lors de repas avec la Fédération départementale des chasseurs, il y a un peu plus d'un an dans la grande propriété de votre ami qui…

dit fièrement la secrétaire avant d'être brutalement interrompue.

– Exact, je me souviens… Parfait ! Appelez-le et passez-le-moi, Jeanne…

Jeanne retourne dans son bureau. Deviller grommelle.

– Je ne sais pas qui est ce gosse, mais elle ne le verra plus !

Mal à l'aise, il frotte, de la paume de la main, sa barbe naissante. Vengeance puérile. Mais il est acculé. Cette Louise comprendra le message. Un premier message. Car il ne peut pas tout de suite frapper fort. Elle tient une bombe dans son téléphone. Mais quand Anicet aura trouvé où elle habite, il passera à la vitesse supérieure.

« Elle l'a bien cherché… » pense-t-il sans conviction.

Louise se sent vide. Elle ferme les yeux. Bulent cogne ses dents jaunes contre les siennes, souffle son haleine fétide. Louise est immobile sous les coups de boutoir du Turc.

« Je suis une coquille vide… »

Louise se répète ces mots, en silence, pour oublier Bulent. Elle ne sent rien. Même plus le dégoût. Etape de plus dans le processus d'auto destruction. Enveloppe de chair molle et vide.

« Coquille ! Coquille ! Coquille ! »

Louise ne pleure plus. Elle a trop pleuré. Bulent transpire. Il la retourne, lui plaque le visage dans l'oreiller. Même si elle ouvrait les yeux, elle ne verrait rien, que du noir. Cela la rassure, Louise. Elle est protégée par cet oreiller. Puis, peut-être qu'elle va étouffer.

« C'est ce qu'il pourrait t'arriver de mieux, Louise ! Coquille ! Coquille ! »

Une bise, légère, fait grincer la vieille fenêtre, ouverte. Bulent la sodomise, maintenant. Sensation étrange. Conduite sexuelle compulsive. Comme pour se punir de ce dont elle se croit responsable. Tout à l'heure, elle se fera vomir. Tout expulser.

« Je l'ai mérité… Plus fort, Bulent ! »

Louise n'a plus de sensations. Elle pense aux trente euros que le Turc lui donnera de sa grosse main aux ongles noirs. Même le nez dans l'oreiller, elle sent cette odeur de transpiration d'ouvrier.

Bulent lâche un cri. Non, il n'a pas fini. Louise vérifie machinalement que le préservatif est toujours en place. Bulent tente de lui écarter un peu plus les cuisses. Elle ne peut pas car elle n'a pas baissé son pantalon plus bas que les chevilles. Il est trop serré. Pour compresser sa graisse. Avant, elle était élancée, Louise. Mais c'était avant. Avant de mourir. Et depuis cinq ans qu'elle est morte, elle s'est laissé pousser le cul, les cuisses et la haine. Post trauma.

« Coquille ! Je ne sens rien, Bulent ! Sale Turc ! »

Les mots ne sortent pas mais Louise en a besoin. Bulent pèse sur son dos, sur ses épaules. Il y a du bruit deux étages au-dessus dans le Foyer des Jeunes Travailleurs. Louise ne pense plus. Elle compte les secondes. Et enfin...

« Il a fini… »

Bulent lui tend deux billets chiffonnés. Trente euros. Elle évite de le regarder se rhabiller, sortir et claquer la porte. Elle sent ses yeux s'humidifier.

« C'est ta vie, ma fille… »

Louise pense à ces cinq années de casse, de doutes, de larmes. De survie. Alors ce n'est pas Bulent… Elle se rassure en se disant qu'une nuit, pour oublier, elle marchera jusqu'à la voie ferrée. 4h29, le train de nuit Toulouse-Paris Austerlitz. Normalement, il passe par Vierzon. A cause des travaux, il est détourné par Romorantin. Quitte à être réveillée, autant aller sur place. Voir le spectacle de ce train qui file en ignorant la petite ville endormie. Elle le sait, qu'une nuit elle se fera peur, devant ces rails, dans le souffle infernal du train qui passe à toute vitesse.

« Rien à faire dans cette cité dortoir, je passe et je vous emmerde ! »

Louise se dit que si le train pouvait parler, c'est ce qu'il dirait. Elle aimerait être un Intercités. Filer, méprisante, sans obliger de s'arrêter ici. Mais sa vie à elle s'est arrêtée ici. Pour se venger. Sauf qu'elle est trop seule, son bourreau trop puissant. A quoi bon, alors, tout ça ?

Elle se fait du mal et tant mieux.

« Se dévaloriser est l'une des principales conséquences psychologiques de l'abus sexuel. »

Un jour elle a lu cette phrase sur un site internet qui recueillait des témoignages de jeunes filles violées et des conseils de psys. Comme écrite pour elle.

Quand cette nuit-là sera arrivée, elle ira en avance voir passer le train. Au cas où. Vers 4h25. Il y a un petit chemin de terre derrière le Foyer. La barrière n'est pas trop haute. Souvent, elle s'y assoit. L'idée l'enivre. Qui verrait, qui saurait ? Nuit noire, sans témoins, loin de tout. Un soulagement.

Le soleil est encore chaud, agressif, en cette fin de journée. Louise ferme la fenêtre près de la douche. Cela sent pourtant l'humidité. De la poussière s'est incrustée sur le lavabo. Son dentifrice est débouché. L'éponge est presque coupée en deux morceaux. Louise pense qu'il faudrait faire quelques courses. Mais elle s'assoit sur la chaise en fer, devant la petite table en formica. Elle se saisit de son portable. Un instant, elle regrette que le chauffeur du bus où elle l'avait oublié n'ait pas fouillé dedans. Entendu l'enregistrement. Toujours à 3mn 24. Pourtant, quand il le lui a rendu, il avait comme un sourire étrange. Elle a cru y voir de la pitié. Elle repense aux petits mots qu'il lui dit chaque matin. Elle se souvient de son visage. Doux. Un peu mou même. Il doit être gentil. Il aurait fait quoi s'il avait écouté l'enregistrement ? Rien, forcément. Il est mou comme son visage. Mais Louise sourit après la violente parenthèse Bulent.

Chapitre 19

Le cadran du réveil indique 3h46. Il était 3h04 il y a à peine cinq minutes. Il n'a plus de notion du temps. A-t-il dormi ? Il transpire dans son pyjama en soie mauve. Demain matin, il doit filer à Bourges pour une réunion au Conseil départemental. Il se retourne encore dans son lit. Ecrase l'oreiller. MDVP. Dans son rêve, des énormes comprimés jaunes tombaient du ciel sur son 4x4 Mercedes. Mais en fait ils étaient envoyés par Louise qui tournait trois fois sur elle-même dans un cercle, coude replié, paume sous le cou, telle une lanceuse de poids et balançait la drogue. MDVP ou poudre du démon. Très fine, légèrement jaune ou en comprimés. Provoque une stimulation du système nerveux et une hypersexualité. Cette nuit-là, en forçant l'adolescente blonde, la drogue avait déchaîné ses sens, altéré toute lucidité. En se retournant une fois de plus, son poing serré heurte la table de nuit. Le réveil tombe. Enfin, c'est ce qu'il croit. Deviller n'a pas la force ni d'allumer, ni de se lever. Lisa dort, en haut. La température ne descend pas, la nuit. Il écarte son drap. Il n'y a pas de femme, cette nuit. Parce qu'il y a Lisa. Et tant mieux, d'ailleurs. Le contenu de cette clé USB l'obsède. Il a besoin d'être seul, de réfléchir. Qui est au courant, désormais ? Louise l'a-t-elle fait écouter ? Deviller se retourne encore dans son lit. Il sait qu'il ne dormira pas. Soudain, il se redresse, dans la pénombre. Yves Bernal. L'entrepreneur véreux. Son visage grêlé lui remplit le cerveau, d'un coup. Ils se sont quittés en bons termes l'autre jour. Le marché public du Centre Culturel contre une petite commission et le 4x4 Mercedes blanche. Il y avait même un pistolet dans la boîte à gants… Ce Bernal doit avoir des connexions chez les voyous. Les gros comme les petites mains. Ceux qui tirent mais aussi ceux qui intimident. Ceux qui crochètent des portes et récupèrent des ordinateurs, des portables et d'éventuelles copies. Louise ne résistera pas longtemps. Et son ou ses complices, qui ont eu le culot de déposer une clé USB sur le bureau du maire, la nuit, le regretteront. Amèrement. Des petits merdeux, certainement.

Le père Bernal et son fils gendarme à Romorantin. Deviller est rassuré. Des relations utiles. Il cherche son réveil du regard. Se souvient qu'il l'a fait tomber. La chambre sent la transpiration. Deviller ferme les yeux. S'imagine cinq ans en arrière. Quelques minutes avant d'aller pisser, au Vice-Versa. Il rêve qu'il n'a pas eu envie de pisser. Qu'ils n'ont jamais pu verser la poudre. Qu'il n'a pas violé. Qu'il est encore maire d'Aix. Peut-être même ministre.

– Allô, maman ?

Dans sa petite chambre, Louise se laisse caresser par les rayons du soleil. Pas trop chaud, encore, ce matin. Elle a ouvert en grand la fenêtre. Un pigeon roucoule avec une régularité agaçante. Louise ne le voit pas. Un commerçant tire un rideau de fer, de l'autre côté de la rue. Le trottoir est presque blanc. Soudain, une voix faible répond, à l'autre bout du portable. Sa mère. Ou plutôt son fantôme. Louise imagine un corps maigre sur un visage dévitalisé. Des trous à la place des yeux. Dans la vie d'avant, sa mère était une belle femme, connue et admirée dans le Tout-Aix... Louise était adolescente, mais elle se rendait bien compte. Alors bien sûr, certains jaloux riaient. De son mari un peu veule.

« Elle a choisi un travailleur mais sans personnalité... »

Ils avaient raison. En apprenant que sa fille s'est faite violée, il est parti, trop lâche pour la venger, surmonter la colère et la douleur.

– Parle plus fort, maman. C'est moi, c'est Louise...

Machinalement, elle referme la fenêtre pour ne plus entendre le pigeon. Elle balaye de la main les miettes de pain, sur la petite table avant de s'asseoir sur le tabouret en bois.

– Tu n'as pas trop chaud, maman ?

A l'autre bout du fil, la respiration est un peu saccadée.

– Comment se passe ton travail, ma fille ? Tu fais quoi déjà ?

A chaque fois, qui ne sont pas très nombreuses tant Louise appréhende ces coups de fil, la voix d'outre-tombe de sa mère lui serre le ventre. Mais au moins, elle parle, ce coup-ci. Louise tente de prendre un air enjoué.

– Je suis en stage dans un journal. La Nouvelle République, à...

– Tu es payée, au moins ?

– Oui, un peu. C'est l'école de journalisme qui nous place en entreprise, l'été. Tu te souviens, je te l'avais expliqué…

– Tu sais, je perds la tête, ma fille… Mais je suis contente… Tu es où, en ce moment ?

Louise s'assoit sur son lit défait.

– A Romorantin, au centre de la France, maman.

– Au centre ? Tu n'as pas froid, au moins ?

Louise sourirait volontiers, si c'était une blague faite volontairement. Elle en faisait. Avant. Quand, avec la petite Louise, elles buvaient un thé, le dimanche après-midi, cours Mirabeau, à Aix. Complices. Elles aimaient se montrer. Louise était fière de sa mère. Sa mère était fière d'elle-même. Louise se rappelle de ce dimanche-là, quand un jeune, plus hardi que les autres, en terminale au lycée privé La Nativité, la clope au bec et l'air blasé pour se donner trois ans de plus, avait tenté sa chance.

« Louise, ta sœur est très jolie, tu ne m'en avais jamais parlé ! Tu me présentes ? »

Louise levait les yeux au ciel mais jouait le jeu, fière…

« Paul-Henri, je te présente ma mère… »

Florence Durand, surprise avait souri, à cours de repartie, exceptionnellement. Louise était toute rouge. Aujourd'hui, les jeunes hommes ne regarderaient même pas sa mère. Elle ne sort plus, ses cheveux ont blanchi, sa peau s'est fripée. Brisée par le drame de sa fille, par la lâcheté de son mari.

– Tu sais, maman, c'est la canicule, ici aussi !

Louise se bouche l'autre oreille pour tenter de saisir les bribes de paroles de sa mère. Elle jure entre ses dents contre un bruit de klaxon, malgré la fenêtre fermée. Elle doit savoir, vite. Sa mère peut raccrocher son téléphone à tout moment.

– Tu as une nouvelle aide-soignante pour l'été ?

Elle entend la respiration fatiguée. Puis un silence. Sa mère cherche-t-elle ses mots, ou a-t-elle compris où sa fille cherche à en venir ? Elle répond enfin, au grand soulagement de Louise.

– Une nouvelle. Elle est moins idiote que la précédente. Elle est diplômée. Et plus chère.

Louise embraye. Immédiatement. Le deux-pièces à Aix, l'aide-soignante plus chère. Justement... Les mots de Deviller résonnent. « Pense à ta mère ».

– Papa te donne un peu plus d'argent ?

Silence encore. Agaçant.

– Non, ce n'est pas ton père. Je n'ai plus eu de nouvelles depuis qu'il est parti et je n'en veux pas.

Un jour, sa mère l'a rassurée en lui disant que son père leur avait laissé un chèque en guise d'au revoir. Rassurant, si on veut. Louise avait bien compris qu'elle ne retravaillerait pas. Le chèque a été dilapidé rapidement.

– Qui t'aide, maman ?

Louise choisit ses mots. Silence, au bout du fil. La réponse qu'elle attend. Deviller, forcément. Louise veut l'entendre de la bouche de sa mère. Et pourtant, elle ne veut pas. Peur de cette vérité. Elle en vomirait.

– Je suis fatiguée, ma fille. Mon jeu télé va bientôt commencer. Achète un pull, si tu as froid et je te rembourserai. A bientôt ma fille...

Louise écoute la tonalité. Trois, quatre, cinq bips. Puis elle raccroche. Il reste un doute. Elle voit l'ombre floue de Deviller qui envahit le mur de sa petite pièce. Puis celle de Bulent. Puis Deviller encore. Il est sa dernière bouée, pour qu'elle et sa mère ne se noient pas. Louise est écœurée. Piégée. A bout de forces. Elle sait qu'ne portera pas plainte, qu'elle ne réclamera pas d'excuses et encore moins un simple regard de considération. Mais…

« Est-ce qu'il m'a aimée, au moins, ces quelques minutes ? »

Le drap sale est presque en boule. Louise aurait simplement aimé qu'il lui dise qu'elle n'était pas qu'un orifice, cette nuit-là. Il fait chaud, il fait lourd. Le linoleum s'écaille dans les coins de la chambre, en bas du placard qui est sous l'évier. A certains endroits, il n'est que traces noires et fissures.

Florence Durand repose son téléphone sur la table basse de son petit appartement. La souffrance de sa fille lui est presque étrangère après toutes ces années de honte. A chaque coup de fil, les souvenirs remontent. Un jour, elle lui dira de ne plus appeler. Elle n'a jamais été capable d'être une mère. Elle n'a d'ailleurs jamais voulu. Son mari Philippe non plus ne voulait pas de cet enfant. Mais dans sa famille, on n'avortait pas. Et puis Louise est née. Philippe était bien le père, contrairement à ce qu'il croyait. Non, ce n'était pas Deviller. Elle n'a jamais réussi à l'en persuader. Elle était prête pour un test ADN mais cela aurait fait jaser dans la bonne société d'Aix.

« Philippe, tu vois bien qu'elle a tes yeux et ton sale caractère », disait souvent Florence pour tenter de faire sourire le père de Louise. Sans succès.

Deviller ne pouvait pas être le père biologique. Florence n'a eu que deux relations avec le maire d'Aix. La première, bien avant la grossesse de Louise. Comme beaucoup de jolies femmes d'Aix-en-Provence, séduites par son charisme puis déçues par sa médiocrité. Pour Florence, Deviller était trop grande gueule, trop escroc, trop volage. Trop beauf, surtout. Pour s'en débarrasser, elle a accepté les avances de Philippe, un petit chef d'entreprise travailleur, honnête, qui lui assurait la sécurité et la stabilité. Un mariage par défaut, mais qui lui permettait d'arrêter de travailler chez son dentiste.

« Il n'y a pas eu de seconde fois ? », avait demandé Philippe, un soir.

« Je te jure que non », lui avait menti Florence.

Car la deuxième fois, c'était pour obtenir à son nouveau mari un contrat pour des prestations avec la ville d'Aix dirigée par Deviller. Louise était déjà née. Ce que Florence ignorait, c'est que son mari et Deviller s'entendraient aussi bien. L'argent, les cocktails, les gens qui comptent en PACA, le pouvoir, sont montés à la tête du petit entrepreneur. Alors en cette journée du 16 août 2012, quand Louise, cloitrée dans sa chambre, les cheveux coupés au ciseau, des entailles sur son visage boursouflé de larmes a lâché dans un sanglot que Deviller l'avait violée la nuit précédente, il l'a presque menacée.

« Tu te tais. Le temps fera son œuvre... »

Florence avait cru défaillir en entendant ces mots, horribles, de Philippe. Son mari, le propre père de Louise ! Elle lui avait hurlé sa haine. Quelques jours plus tard, Philippe quittait Aix. Paniquée à l'idée de perdre aussi son aisance matérielle, elle avait accepté l'impensable. Et l'impensable, c'est la proposition de Deviller de « réparer financièrement », comme il disait, en échange de son silence.

« Ce n'est pas de ma faute. C'est tombé sur elle, mais j'étais drogué. Je peux t'expliquer... »

Elle n'a jamais voulu qu'il lui explique. Sa vie venait d'imploser, laissant des cendres indélébiles comme un gigantesque feu de broussailles. Alors elle a accepté les trois mille euros, chaque mois. Florence trahissait sa fille. Et lui mentait.

« Louise, on ne peut rien y faire. Même si on porte plainte. Il a des appuis, ici. Tu dois te reconstruire. Va vivre chez papi et mamie en Bretagne... »

Florence avait honte mais c'était plus fort qu'elle. Cette fille qu'elle n'avait jamais désirée était devenue sa croix. Elle avait choisi de ne pas se battre.

Chapitre 20

Louise se sent un peu engourdie. Elle a somnolé dans le car. Comme souvent. Elle marche vite pour tenter d'échapper au soleil. Trente minutes à pied de la gare routière de Tours à l'hôpital. La rue Elise Dreux est étroite. Les petits immeubles gris, de deux-trois étages maximum, l'angoissent toujours un peu. En ce milieu d'après-midi, il n'y a personne. Les portes de garage sont fermées. Aux fenêtres, les rideaux sont tirés. Un pavillon, de temps en temps. Des poubelles grises au couvercle jaune sagement alignées, au pas de chaque porte. C'est tout droit puis à gauche. Louise ferme les yeux quelques secondes, à peine. Mais c'est déjà trop. Elle se laisse aller. Ses souvenirs sont sa souffrance, sa seule compagne.

La voiture blanche. Crissement de pneus. Souffle coupé. Les mains puissantes qui l'agrippent. Pourquoi aucun son ne sort de sa bouche ? Elle se laisse faire. Sans force. Un bout de viande. Elle n'a plus de culotte. Il fouille.

« Salope... »

Elle ne reconnaît pas la voix mais elle l'a déjà entendue. Elle a mal. Chair est à vif. Elle se recroqueville. Pourquoi a-t-elle grandi trop vite ? « Maman, tu me lis une histoire ? » Rester petite, tout le temps. Trop tard. Autant mourir. Ça coule le long de sa cuisse.

Louise ouvre les yeux. Rue Elise Dreux. Elle s'était arrêtée de marcher sans s'en rendre compte. Un parking sur sa gauche. Un immeuble bas, cage à poules. C'est petit, c'est étriqué. Louise veut de l'espace, voler, s'enfuir. Elle tourne à gauche. Rue Victor Hugo. Le même paysage. Les mêmes murs qui l'enferment. Témoins de sa mort corporelle. L'esprit fonctionne. Elle avait besoin de revoir Jules cette semaine. Etrange, cette bouffée d'oxygène dans cet endroit qui sent la tristesse, la maladie et la mort. La dernière fois, Jules semblait fatigué. Elle a imaginé un scénario avec les vaches et les chevaux. Faudrait trouver un petit camion. Elle demandera à l'infirmière, sa copine.

Grand bâtiment blanc. C'est là. Entrée du centre hospitalier. 2e étage. Louise a transpiré. Les toilettes pour se rafraîchir. Couloir de droite. Elle manque de buter sur deux infirmières... Visage familier.

– Evelyne ? Désolé, je pensais à autre-chose... Vous ...

L'autre infirmière, une blonde, s'excuse...

– J'y vais, à tout à l'heure.

Evelyne regarde s'éloigner sa collègue et semble gênée devant le sourire de Louise.

– Ils ne vous ont rien dit à l'accueil ?

Louise marque un temps d'arrêt. La transpiration colle, sous son k-way.

« On ne se tutoie plus ? » pense Louise.

Evelyne a les traits tirés. Comme à chaque fois. Ridée. Petite.

– A l'accueil ? Je ne m'y suis même pas arrêtée, je connais le chemin…

Louise tente de sourire. Elle ne comprend pas. Il fait chaud. Les murs blancs l'agressent. Evelyne est petite, recroquevillée. Pourquoi sont-ils tous contre elle ?

– Il ne faut plus venir voir Jules...

Louise se fige. La transpiration l'irrite.

– Mais... pourquoi ? Il est malade ?

– Non, il va très bien. J'ai reçu des ordres. Je suis désolée.

Louise, surprise, regarde Evelyne. Visiblement, l'infirmière est ennuyée. Elle semble si frêle, si rabougrie...

– Des ordres ?

La pièce à vivre des enfants différents est juste là, à vingt mètres. Evelyne suit le regard de Louise. Le couloir est vide, froid.

– De toute façon, il a été changé de pièce. Il n'est plus à cet étage.

Evelyne s'éloigne, sans un regard... Louise est vidée. Elle est seule. L'étau se referme. Des ordres ? Elle ne pourra pas lutter. Elle comprend et pourtant elle refuse d'y croire. Il a le bras long, très long. Elle n'est qu'une grosse en k-way, cheveux ras et brûlures à vif.

Louise se retourne, les yeux dans le vague et se dirige mécaniquement vers l'escalier. Pas l'ascenseur. Si elle y croise quelqu'un, il se moquera. Elle a chaud, serrée dans son jean. Elle a honte. Humiliée, piétinée. Cette nuit, le train passe à 4h25, comme toutes les nuits... Elle y pense soudain. Il n'y a plus Jules. Alors il y aura le train. La nuit prochaine, ou celle d'après, elle ne remontera peut-être plus jamais dans sa chambre du Foyer des Jeunes Travailleurs. Elle sera délivrée. Le train aura du retard, à son arrivée à Toulouse. Il faudra nettoyer. Le sang, les grosses cuisses encore serrées dans le jean, les restes du k-way coincés dans les roues.

Personne dans l'escalier. Louise est soulagée. Elle s'essuie les yeux embués. Elle n'a plus sa place, ici. On ne veut plus d'elle. Ni nulle part.

« Des ordres… Je te hais… »

Elle croit voir Deviller partout dans le hall de l'hôpital. Il y a un car pour Romorantin dans cinquante minutes. Elle ne pensait pas qu'elle prendrait celui-là, à peine arrivée. Elle pense à son prochain reportage, le tournoi de tennis au club municipal.

La réunion s'éternise. Jacky Deviller se retient de bailler. Il jette un coup d'œil par les grandes vitres du deuxième étage. L'hôtel du Département du Cher est un ancien palais du duc Jean de Berry, qui date du XIVe siècle. Un splendide bâtiment blanc. L'atmosphère est studieuse, solennelle. Mais Deviller est agité, nerveux. Toutes les huiles du coin sont présentes. Les maires des principales villes, bien sûr. Le président, le vice-président du département. La presse locale attend dehors. Ils sont là pour acter ce que tout le monde sait depuis des mois. Le département ne peut plus financer son centre de vacances dans les Pyrénées. Des générations de gamins du Loir-et-Cher y ont découvert les joies de la montagne. Mais les charges deviennent insupportables pour une collectivité qui reçoit, comme toutes les autres, de moins en moins d'argent de l'Etat. Enterrement de première classe. Dès Noël prochain, les parents devront se creuser la tête pour occuper leur progéniture. Mais Deviller s'en tape. Suffisamment de soucis avec sa propre fille de seize ans, Lisa. Et cette journaliste. Ses yeux se perdent dans le décolleté de la directrice du service Enfance-famille.

« Elle n'est même pas jolie », songe Deviller.

A Aix, les réunions importantes se tenaient souvent au restau. Parfois en au Vice-Versa. Quand il s'agissait de marchés publics truqués de lobbying ou de coups de pression. Deviller préférait cette ambiance. Il méprise les fonctionnaires du conseil départemental du Loir-et-Cher en costumes élimés. Et l'élu communiste, en pull, assis au bout de la table ? A gerber. Et les vieilles secrétaires décrépies au dos voûté qui prennent vaguement quelques notes en attendant la retraite ? Pathétique…

– Tous, nous nous sommes battus avec beaucoup d'énergie pour que nos enfants profitent de cet investissement que notre département a financé pendant quarante ans…

Les cernes creusés, le président du Conseil départemental semble touché. La fin des vacances subventionnées pour des milliers de gosses lui sera imputée comme un échec personnel même s'il n'y est pour rien... Il paye une gestion hasardeuse de son prédécesseur.

« Il le paye sur sa tronche, aussi », pense Deviller.

Le maire de Romorantin tente de cacher son indifférence. Cette nuit et ce matin encore, ils l'envahissent, le harcèlent, ses putains de souvenirs. Ils le collent comme de la suie. La fille était paniquée. Paralysée, offerte, cette nuit-là, à Aix... Comme violer une morte. Ils avaient dû mettre la dose, dans son verre, pour qu'il en arrive à une telle horreur. Pourtant il venait de signer. La modernisation du complexe sportif du Val de l'Arc d'Aix. Enorme. Rénover la piscine, un des deux gymnases, la piste d'athlétisme. Plusieurs dizaines de millions d'euros en jeu. Mais ils avaient sécurisé le contrat, au cas où.

– Le directeur général des services, que vous connaissez tous, a commencé à étudier vos propositions pour, à terme, trouver une solution de remplacement pérenne... Jean-Jacques, si tu veux bien...

Deviller se redresse en prenant appui sur la grande table de la salle de réunion. Au premier étage du bâtiment du Conseil départemental, l'atmosphère est lourde. Mais il n'écoute plus depuis de longues minutes déjà. Il se croyait en paix, depuis quelques années, même si le remord l'avait rongé. Bouffé de l'intérieur, même. Il avait baisé d'autres femmes que la sienne et même des putes. Mais violer une gamine, c'était autre chose. Il ne s'était pas méfié de ces deux types aux gueules improbables. Il en côtoyait tellement, à l'époque.

– Excusez-moi, il y a un bug. Le bilan de la contribution du département en quarante ans d'existence de notre centre des Chamois Blancs, au Val d'Azun est en PDF.

Deviller jette discrètement un regard autour de lui. Personne n'a semblé remarquer qu'il était ailleurs. Dans la grande salle de réunion, le jeune directeur de cabinet du président du Conseil départemental tremble légèrement. Debout, ordinateur portable en main, il tente de faire défiler le fruit de son travail sur un écran télécommandé. Un ambitieux, certainement, qui tente de contenir la colère qui monte à cause de cet ordinateur qui menace de foutre en l'air sa présentation devant les hommes et femmes de pouvoir du département.

– Je suis désolé, je ne sais pas pourquoi… Séverine, vous pouvez aller l'imprimer en plusieurs exemplaires …

Une femme se lève précipitamment. Deviller ne peut s'empêcher de montrer son agacement. Si en plus, la technique ne suit pas, cette réunion va s'éterniser… Il passe sa main sur son visage, caresse sa barbe naissante. Il devrait y être encore, à Aix… Au lieu de pourrir depuis cinq ans dans ce trou. Région Centre-Val de Loire, ou plutôt centre du trou du cul du monde. Il avait tiré un trait sur cette nuit où tout a basculé. Mais depuis que Louise est à Romorantin, il dort mal. Et le film, il le revoit, malgré lui, plusieurs fois par nuit. Et pas que la nuit. Avec le même début, à chaque fois… Les filles qui dansent, au Vice-Versa. L'image est nette, il distingue leurs yeux pétillants, leurs lèvres maquillées. La lumière est bleue et les pailles multicolores dans les verres. Il va pisser puis revient s'asseoir au coin VIP. Les deux entrepreneurs Marseillais sourient, le collent, lui parlent presque dans le nez. Ils ont les mains sur ses épaules. Insistent pour qu'il finisse son verre. Il est un peu plus de 2h du matin. Il boit. Vingt minutes, peut-être trente plus tard, les filles qui dansent sont un peu plus floues. Puis il transpire, abondamment. Il est excité comme rarement. D'habitude, les ados, il n'y touche pas. Les filles ont les bras nus, bronzés, des mini-jupes. Elles boivent, elles tournent, elles le frôlent. Il y a des trous, dans le déroulé de la nuit. Il admire Aix by night dans son 4x4. Il est assis sur la banquette arrière. Donc ce n'est pas lui qui conduit. Son cerveau tourne à toute vitesse. Il se souvient, par cœur, des moindres détails du contrat signé avec les deux marseillais. Il a surtout cette sensation étrange de pouvoir faire l'amour à des dizaines de femmes en même temps. Il est puissant, le plus puissant de la région. Quelques instants plus tard, une adolescente crie. Mais il est incapable de s'arrêter.

Chapitre 21

J'ai fini ma journée. Que du banal. Les mêmes voyageurs que tous les jours. La même chaleur depuis deux semaines. Ce même con de Jojo, dans le hangar. Le même kebab à midi, avec du fromage et des oignons rouges qui font puer de la gueule. Je suis enfermé dans mon univers étriqué. Mes repères, mon boulot, ma mère. J'ai envie de sauver la vie de cette fille. Cela sauvera un peu la mienne.

« Seize ans, c'est le bon âge pour se faire violer... »

Elle n'a plus rien à perdre.

« Pense à ta mère... »

Je me souviens de cette phrase. Je n'ai pas compris ce que Deviller a voulu dire par là. C'étaient des menaces, en tous cas. Les types comme lui qui ont du pouvoir ont forcément des moyens de pression et des cadavres dans les tiroirs. Car ils ont un coup d'avance. Ils prévoient tout. Deviller aussi a tout prévu. Sauf moi. Entrer dans la mairie de nuit, déposer une clé USB sur son bureau, c'était une folie. Mais mon cœur a recommencé à battre, depuis.

– Ça va mon ami ?

Je me retourne. Dans le grand dépôt de bus, deux autres chauffeurs du matin ont fini leur journée. Je les salue. Je crois que les deux sont mariés et pères de famille. Ils vont sûrement rentrer chez eux. Je veux rester seul. J'ai presque envie d'appeler ma mère. De lui demander si Deviller va bien en ce moment. S'il n'est pas de mauvaise humeur depuis quelques jours. Surtout pas ! Je sursaute alors que je m'apprêtai à quitter le dépôt, la tête pleine d'adrénaline.

– Tu fais quoi, cet après-midi ?

Les deux chauffeurs sont adossés à un bus et fument une clope. Normalement, on ne fume pas dans le dépôt mais dehors ce n'est pas tenable avec la chaleur. Ils n'ont pas envie de rentrer chez eux.

– Rien, comme d'hab...

Je souris mollement. Je n'ai pas la tête à boire une bière avec eux, comme ils vont forcément me le proposer. Mais, pris de court, je n'ai trouvé aucune excuse. Au mieux, je n'ai rien à leur dire, au pire je leur raconterai l'histoire de Louise et de son héros, moi. Ce qui est hors de question, évidemment. Est-ce que j'oserai lui dire, un jour, à Louise, que c'est grâce à moi que Deviller a pris peur et s'est excusé ? Qu'il ne l'emmerdera plus jamais ? J'imagine le maire, sous pression, se présenter de lui-même à la gendarmerie et avouer. Louise cherchera à comprendre. Je lui expliquerai. Elle tombera amoureuse de moi. Je lui dirai que je veux bien qu'on vive ensemble mais qu'il faut qu'elle s'arrange, qu'elle se laisse pousser les cheveux, qu'elle jette ce tee-shirt vert et cet immonde k-way et qu'elle maigrisse des cuisses. C'est un peu brutal, je sais, mais j'ai permis l'arrestation de son violeur.

Je me fais un putain de film improbable. Je délire complètement.

– Tu viens prendre une bière ?

Je décline la proposition que j'avais anticipée. Je sais exactement où on serait allés boire cette bière, qui il y aurait eu dans le bar, de quoi on aurait parlé. Il est bientôt 15h. Je vais rentrer chez moi. Dans ma tête, c'est comme une marmite. La clé USB, cela ne me suffit pas. Car même si Deviller prend peur à l'idée que cet enregistrement soit diffusé publiquement, Louise ne saura probablement jamais pourquoi. Alors que pour la photo, je peux intervenir directement. La photo. Celle que j'ai vue dans le téléphone de Louise. Un peu étrange. Mais je crois que j'ai compris. Un dépliant SCNF qui indique les nouveaux horaires et déviations de l'Intercités de nuit Paris-Toulouse cet été, à cause des travaux vers Vierzon. Le train passe notamment par Romorantin, à 4h29 précisément. Mais il ne s'arrête pas.

En quoi cela l'intéresse, Louise ? Je ne sais pas si c'est parce que je regarde beaucoup de téléfilms dans mon petit deux pièces mais j'ai deviné. Elle me fout les jetons, cette fille.

Deviller laisse échapper un rot discret et se redresse sur son fauteuil en jetant un coup d'œil discret au type en costard assis face à la table basse, à l'autre bout du grand bureau. Le repas de ce midi était un peu copieux. Mais le coup de fil qu'il est en train de passer l'aide à digérer. Il est ravi. Les parents de la petite Rivère n'ont pas été prévenus du tournoi de tennis. Au premier tour, Lisa doit affronter une joueuse non classée, tout à l'heure. Le président du club a bien fait les choses, comme convenu.

– Au fait, avant de te laisser, j'ai une dernière question…

Obligé d'attendre que Deviller ait terminé sa conversation téléphonique, le jeune type assis face à la table basse, un grand dossier ouvert devant lui, tente de cacher son impatience. Grand, maigre, les bras interminables qui sortent des manches courtes de sa chemise blanche, il plisse son nez de fouine. Le rendez-vous a été fixé de longue date pour évoquer quelques dossiers techniques concernant le réseau de canalisations de la ville. Il avait été prévenu que Deviller était un type puant. C'est au-delà de ses espérances. Le maire de Romorantin est un rustre qui n'est visiblement pas pressé de mettre un terme à une conversation privée certainement pas urgente.

– J'ai cru que tu avais raccroché…

Deviller force un petit rire. A l'autre bout du fil, le président de l'Entente Sportive Tennis de Romorantin est sûrement flatté que le maire de Romorantin le tutoie. Deviller tutoie dès qu'il a besoin de quelqu'un. Pour amadouer, montrer à l'autre qu'il est son égal.

– La journaliste de la NR, la petite au crâne rasé, est déjà là ? Bon très bien.

Deviller raccroche. Sans même s'excuser, il se lève de son grand fauteuil, rejoint le grand maigre autour de la table basse. Mais il n'a pas envie de plonger plus longtemps dans un dossier abstrait. Il tape sur l'épaule du type avec un sourire forcé.

– Bon, cela m'a l'air bien, tout ça ! s'exclame-t-il. « Pour les derniers ajustements techniques, vous prenez rendez-vous avec mon adjoint à l'urbanisme…

– Monsieur le maire, je suis désolé, mais on a encore quelques points à voir.

Deviller fait un signe de la main en indiquant sa montre à son poignet gauche, grimace l'air de dire qu'il ne peut pas faire autrement.

– Jeanne, occupez-vous de monsieur…

Deviller sort de son bureau, dévale quatre à quatre les marches de la mairie et disparaît dans un halo blanc. Il fait encore près de 38 degrés dehors. L'Entente Sportive Tennis Romorantin est à dix minutes en voiture. Aujourd'hui, il a sorti le 4x4 Mercedes blanc. Exceptionnellement. Pas pour s'afficher. Mais pour ramener sa fille qui aura gagné son match. Il a tout fait pour en tous cas. Il prend plaisir à s'assoir sur le siège en cuir. La Mercedes était garée à l'ombre. Un soulagement. Comme à chaque fois ou presque qu'il monte dans cette voiture, il se penche pour ouvrir la boîte à gants. Il n'y a pas de raison pour que le pistolet Beretta ait bougé. Il est en effet toujours là. Deviller démarre. Tout à l'heure, il appellera son adjoint à l'urbanisme pour qu'il reçoive le grand maigre et son dossier des canalisations.

Après quelques minutes sans circulation, la climatisation poussée presque à fond, Deviller se gare au club de tennis, situé en bordure de forêt. Quatre courts en dur, un petit bâtiment de pierre et une grande haie aux feuilles jaunies. Deviller pénètre dans le club house. Seuls deux hommes en short, encore suant, sont accoudés au bar devant une bière. Au mur, des étagères remplies de coupes. Une petite musique s'échappe d'une chaine hi-fi. Au milieu de la salle, le buffet, pas encore desservi. La baie vitrée est grande ouverte sur une allée en graviers ombragée qui mène aux courts. Deviller aime le bruit sourd des raquettes qui frappent dans les balles. Il écoute les jurons, les chaussures qui crissent sur le greenSet vert et bleu et se dirige vers le court numéro 2. Assis sur des chaises de jardin blanches, une dizaine de personnes, casquettes sur la tête, regarde les échanges. Deviller s'approche. Fait quelques signes discrets de la main.

« Hooo ! »

Un murmure de désapprobation court le long du terrain. Lisa, vient de jeter sa raquette contre le grillage. Le visage rouge, les bras nus luisants de sueur, elle se prend la tête dans les mains. Deviller est gêné. Lisa aperçoit son père et écarte les bras en signe d'impuissance avant de ramasser sa raquette. Le président du club, polo violet, tourne la tête, se lève de sa chaise et s'approche.

– Alors ?

– Elle vient de perdre trois jeux de suite. Elle est sortie de son match. Mais elle mène toujours un set à zéro. Quatre partout dans le deuxième.

Deviller lève le poing au moment où sa fille le regarde.

– Allez Lili !

Il salue trois garçons d'une vingtaine d'années, chemisettes blanches, cheveux en bataille. Des fils de la bourgeoisie de Romorantin. Des amis de Lisa. Un grand et beau garçon aux manches remontées pour laisser ses biceps bronzer au soleil, tape sa tempe avec son index.

– Bats-toi !

Lisa se replace pour attendre le service de son adversaire, une jeune fille hargneuse et boulotte, que Deviller n'avait jamais vue avant.

– Elle n'est pas d'ici, l'autre ?

– Non. Elle est vacances et elle a vu l'affiche du tournoi, la semaine dernière, répond le président du club.

La présence du maire attire quelques personnes qui font mine de s'intéresser. L'adversaire de Lisa pousse un petit cri strident à chaque frappe. Les jambes courtes, les cuisses épaisses, elle se déplace pourtant parfaitement.

« Hin ! »

Lisa, acculée, renvoie une balle haute, pour ne prendre aucun risque. Son adversaire cogne à deux mains côté revers.

« Hin » !

Lisa renvoie dans le filet.

– Si c'était un concours de beauté, Lisa gagnerait 6-0, 6-0, chuchote Deviller.

A côté de lui, un couple de cinquantenaires fait mine de n'avoir rien entendu. 30-15. Lisa, short rose et maillot bleu est raide comme un piquet.

– La petite Lisa est devenue une belle jeune femme… Quand je pense qu'elle a commencé chez nous à cinq ou six ans ! Que le temps passe vite !

Deviller serre les dents, autant crispé par le comportement de sa fille que par le sourire mielleux de Georges. Georges, c'est cela. Il vient de se souvenir du prénom du président de l'Entente Sportive Tennis Romorantin dont les compliments sonnent faux.

– C'est autorisé, ce gémissement, à chaque fois ? Elle déconcentre Lisa, c'est évident ! demande Deviller, agacé.

– Au premier set, elle ne le faisait pas. Elle n'était pas du tout dans le coup. On dirait que ce n'est plus la même fille, répond Georges, ennuyé.

– Allez lui dire qu'elle doit arrêter, que cela gêne son adversaire. Il faut la déstabiliser.

Soudain Deviller ne tutoie plus Georges. Le président de l'EST Romorantin semble mal à l'aise. Mais le maire subventionne généreusement le club, chaque année. Georges transpire légèrement dans son polo violet.

– J'attends le changement de côté.

Deviller hoche la tête, agacé. Les trois garçons se sont approchés du grillage et encouragent Lisa même pendant les échanges. Elle est menée cinq jeux à quatre. Deviller fait les cent pas. Sans voir qu'une fille en k-way Louise l'observe, un peu en retrait, à l'ombre d'un arbre, près du court numéro 4 ou un match vient de se terminer. Deviller est nerveux. Lisa est en train de lâcher. Il le sent.

– Mais j'ai toujours joué comme ça en tournoi et personne…

Sur le court, la petite boulotte est debout, mains sur les hanches. Visiblement, elle ne comprend pas ce que lui reproche le président du club.

– Ecoutez mademoiselle, c'est moi le juge-arbitre.

Une femme s'approche, certainement la mère de la joueuse. Lisa est assise sur son banc, de l'autre côté de la chaise d'arbitre, la tête dans sa serviette. Derrière elle, accroupi de l'autre côté du grillage, le jeune homme blond qui la remotive. Les spectateurs, assis sur les chaises en plastique blanc, abrutis par la chaleur, regardent mollement la scène.

A l'écart, Louise relit sur son calepin les quelques notes qu'elle a prises pour légender les différentes photos, depuis ce matin. Les deux jeunes de treize ans qui ont livré un match épique, le vétéran de soixante-quatre ans, encore bien affûté, mais qui a perdu contre un jeune papa soutenu par sa famille. Une légère bise lui offre un moment de répit. Le bruit sourd des balles disparaît peu à peu. Louise rentre dans sa bulle, s'assoit par terre sur l'herbe, adossée à l'arbre. Un peu à l'écart de l'allée centrale, elle ferme les yeux en attendant la fin du match de Lisa. Les applaudissements la bercent. Dans sa tête les images floues de sa mère. A-t-elle changé ? La tristesse a dû creuser ses rides, éteindre ses yeux. Elle se souvient de ses cheveux flamboyants qui ont dû jaunir comme des fétus de paille. Elle imagine son petit appartement sans vie. Une table en bois. Un petit napperon blanc carré sur lequel est posée une corbeille de fruits trop mûrs. Les raisins sont fripés et les citrons bouffés par la moisissure. A côté, une enveloppe décachetée. Le relevé de compte en banque de juillet, déplié, qui confirme, comme chaque mois, le virement. A cette heure-là, elle doit être endormie dans son canapé, la télé allumée mais le son coupé sur une série à l'eau de rose de l'après-midi. Qu'y-a-t-il dans les cadres blancs, posés sur le buffet ? Des photos de quand elle était vivante ? De son mari, Philippe ? De sa fille, Louise ? De ses amies de la belle société aixoise avec lesquelles elle sortait dans des diners mondains ? Ou bien les cadres sont vides, creux comme son visage de petite vieille ? Les yeux clos, elle doit à peine ronfler. Quels sont ses rêves ? Ses cauchemars ? Les mêmes que sa fille ? Louise ne lui a jamais raconté comment cela s'est passé. Elle a tout gardé pour elle. Cette nuit-là, la voiture blanche... Elle est coincée sur le trottoir. Elle a un bu, forcément, avec tous ces garçons qui lui ont offert des verres au Vice-Versa. Elle n'arrive même plus à crier. Elle est trop petite mais elle est offerte. Sa vie s'écroule.

Soudain, malgré le soleil qui lui fait plisser les yeux, Louise sursaute. Elle se lève précipitamment. Essuie machinalement son k-way. Deviller s'avance vers elle. Elle frissonne malgré la chaleur. Elle recule.

– Bonjour Louise…

Louise se sent comme une proie, à nouveau. Elle entend, au loin, les encouragements des partisans de Lisa ou de son adversaire, au bord du court numéro 2. Un autre match a commencé, derrière, court numéro 4. A l'ombre de l'arbre, un peu à l'écart, elle se dit qu'elle s'est elle-même jetée dans la gueule du loup. Elle cherche une issue. Près du club house, des gamins jouent par terre, leurs raquettes posées dans l'herbe. Un vieux chien somnole, allongé de tout son long sur les dalles marrons. Sa voix la glace. Deviller prend toute la place. Elle ne peut pas fuir.

– Merci de vous être occupée de ma fille...

Il est à un moins d'un mètre de Louise. A portée de souffle. Il cache le soleil. Cette bouche. Ces lèvres. Ce regard. Son bourreau. A-t-il eu, une seconde depuis cinq ans, un regret ? De la compassion ? Il est encore beau. Il la domine. Elle tient dans sa main. Elle ne veut pas, mais elle n'est plus rien. Il le sait. Il lui parle froidement.

– Lisa m'a raconté le reportage sur la Romorantinaise qui collectionne les cartes postales anciennes. Elle vous a observée en train de rédiger le début de votre article et m'a dit qu'il était très bien écrit. On va organiser à cette femme une expo à la salle des Fêtes. Qu'est-ce que vous en pensez ?

Louise n'est pas dupe. Les compliments sonnent si faux. Il n'a même pas dû lire son article. Elle transpire dans son jean serré. Son regard fuit.

« Bien joué ! C'est ça ! »

Les bruits venus du court sont une bouffée d'air. Une porte de sortie.

– C'est une bonne idée…, répond mécaniquement Louise.

Deviller avance encore, légèrement. Louise respire plus vite.

« Dis-moi juste que tu ne m'as pas oubliée. Que tu m'as aimée cette nuit-là... »

Evidemment, elle ne parle pas, Louise. Elle est dans l'emprise.

– Et avec Lisa, cela se passe bien ? Elle montre de l'intérêt ? Vous savez, les ados, ce n'est pas facile...

Deviller en profite. Il est sur son terrain. Tellement à l'aise. Le vieux chien n'a pas bougé, sur les dalles marrons. Les enfants jouent. Louise cherche des yeux une issue de secours. Un peu de force. Il y a quelques jours, elle s'est prostituée pour trente euros. C'était Bulent, l'ouvrier turc du Foyer des Jeunes Travailleurs. Trente euros contre ce qui ne coûte plus rien. Son corps. Sa dignité. Tout cela à cause de cet homme qui lui parle. Qui a provoqué, en la violant, cette longue chute vers le fond d'un gouffre. Elle connaît cette bouche par cœur. Le contour des lèvres. La moindre ride. Son haleine. Ils ont peuplé ses cauchemars. Comme une fuite en avant, elle ose.

– Elle était comme il y a quelques instants.

– C'est-à-dire ? demande Deviller, déstabilisé.

– Quand elle a jeté sa raquette de colère... Enfant gâtée. Tout lui est dû.

Deviller semble déstabilisé. Très vite, il se ressaisit. Il détache ses mots en prenant un air grave.

– Trop gâtée ? Comme n'importe quel enfant du divorce...

Le maire de Romorantin marque une pause. Sa chemise blanche est constellée de tâches de transpiration. Il tient sa veste de costume, avec deux doigts, par-dessus son épaule. Sûr de lui. Louise croit avoir installé un rapport de force. Pas longtemps. Elle est, à nouveau, sur la défensive. Elle n'obtiendra rien. C'est pourtant elle qui a été violée. Humiliée. Détruite. Il est insensible. Trop fier. Méprisant. La petite bise est tombée. Le soleil perce entre les feuilles du gros arbre. Les copains de Lisa, près du court, sont debout et applaudissent. Le gravier crisse au passage d'un vélo. La femme qui pédale ne voit même pas Louise face à son bourreau. Elle est seule.

– Mes remerciements sont sincères. Je suis ravi de ces quelques jours. Maintenant, le tournoi va l'occuper. A condition qu'elle gagne ses matchs.

La voix de Deviller ne tremble pas. Soudain, il fait demi-tour et s'éloigne vers le court numéro 2.

Le temps est suspendu. Une jeune fille en short blanc est allongée sur une chaise longue et caresse machinalement le vieux chien toujours endormi. Lisa mène 6 jeux à 5. La boulotte semble énervée. Les trois garçons improvisent une ola. Plusieurs spectateurs, gênés, sont partis. Le soleil inonde le court. Lisa vient de remporter un point, sur un coup droit croisé.

Deviller serre à nouveau le poing.

– Bravo Lisa !

Il se retourne pour prendre à témoin les spectateurs. Les joueuses changent de côté. Soudain, il s'approche à nouveau de Louise, restée en retrait son calepin à la main. Elle ne recule pas, cette fois.

– Vous n'auriez pas dû placer cette clé USB sur mon bureau…

Ses yeux sont coupants comme des lames. Louise chancelle. Le soleil la brule. Quelle clé USB ? Encore sous tension après la confrontation, il y a quelques minutes, elle n'a pas le droit au moindre répit. Elle voudrait demander du secours à cette fille, sur la chaise longue ou à ces deux petits vieux, casquettes sur la tête, le sac de tennis sur le dos et les bouteilles d'eau à la main qui rigolent sans même la voir.

– Tu crois me menacer ?

Louise ne s'aperçoit même pas qu'il la tutoie. Elle ne

comprend pas. Tout cela la dépasse, l'épuise, la vide un peu plus. Elle n'est qu'une plaie. Deviller croit qu'elle le fait chanter ? Sinon il ne parlerait pas d'une clé USB. Il lui fait peur. Il invente.

– Monsieur le maire, Lisa vient de gagner…

Un des jeunes garçons se précipite vers Deviller. La mèche brune bien peignée, une croix au bout d'une chaine en argent sur un tee-shirt blanc immaculé, il fait un signe au maire, pouce levé. Deviller jette un dernier regard à Louise et retourne près du court numéro 2. Quelques applaudissements polis accompagnent la grande adolescente un peu gauche qui se dirige vers le filet pour saluer son adversaire. La mère de la petite boulotte refuse la main tendue du juge-arbitre.

– Quelle clé USB ? Je n'aurais jamais dû venir à Romorantin.

Louise est encore sous le choc. La traque est inégale. Deviller s'approche à nouveau. Derrière lui, Lisa file aux vestiaires. L'étau se resserre encore un peu plus. Louise ne bouge pas. Elle aperçoit, soulagée, le juge-arbitre du tournoi se diriger vers eux. Mais Deviller se retourne et fait comprendre à l'homme en polo violet que la conversation ne le concerne pas. Ce dernier s'éloigne. Louise fait un pas de côté.

– Ta mère est tombée en dépression après cette histoire…

Deviller la tutoie encore. Chaque mot la détruit un peu plus, comme un canif qui gratte une plaie.

– Et c'est de ma faute, poursuit Deviller. Même si j'étais drogué, cette nuit-là, au Vice-Versa. Mais j'assume. J'ai de la peine pour ta maman… Ton père était un lâche. Mais ta maman, une femme bien.

Louise entend. Elle sait qu'il la manipule. Pourquoi se justifie-t-il ? Une faille, enfin ? Les mots lui font mal.

« Pense à ta mère... »

Louise se rend compte qu'elle tremble. Ses doigts moites tripotent les pans de son k-way. Elle sait qu'elle a perdu. Elle se demande simplement combien de jours tiendra-t-elle encore, ici.

– Sauf si tu préfères qu'elle ne reçoive plus un centime ? Fini le studio ? Finis les soins à domicile ? Elle tiendra combien de temps ? Deux, trois mois ?

Le soleil est bouillant. Le court numéro 2 est désormais vide, baigné de lumière. Les deux vieux, sac de tennis sur le dos, se sont installés à une table. Aucun souffle d'air. Les feuilles des arbres sont immobiles. Le vieux chien est comme mort, sur sa dalle.

– Monsieur le maire…

Louise ne veut pas perdre la face. Ce qui lui passe par la tête. L'enfant brisé. Le seul endroit où elle est apaisée. Son monde de douleurs.

– C'est minable, votre intervention auprès de CHU de Tours. Laissez-moi voir l'enfant…

Deviller la fixe. Elle a donc compris le message. Il ne joue même pas la surprise. Il se doutait qu'elle comprendrait que c'est lui, grâce à son carnet d'adresses, qui l'a empêchée de voir le gamin hospitalisé. Il hoche la tête.

– Je connais du monde, dans la région. Vous devriez effacer l'enregistrement et toutes les copies que vous et vos amis ont faites…

Il la fixe du regard. Louise voudrait fermer les yeux. Mais elle refuse de baisser la garde. Elle tient. Tente, en tous cas. Dans sa tête, tout est confus. Comment il sait, pour l'enregistrement ? Quelles copies ? Quels amis ? Elle respire plus fort, plus vite. Il fait tellement chaud. Et si… Et si elle s'avouait vaincue ? Elle est prête à effacer les preuves devant lui. Et même tout effacer. Elle est oppressée. De près, les rides du visage de Deviller sont fines comme des plaies. Il fronce ses sourcils épais. Ses oreilles sont trop grandes. Quelques gouttes de transpiration perlent sous sa chevelure teinte en noir qui ressemble à une perruque.

Toi qui m'as violée. Louise veut en finir. Elle sent que ses jambes flageolent.

– Je…

Louise ne termine pas sa phrase. Elle sort son portable de sa poche. Elle regarde Deviller. Les lèvres pincées de son bourreau s'étirent légèrement. Il a compris. Louise tremble toujours en manipulant l'appareil.

– Il est là, l'enregistrement…

Elle appuie sur Play pour prouver sa bonne foi à Deviller.

« Seize ans, c'est le bon âge pour se faire violer… »

Sa voix dans l'appareil. Le son est faible. Mais chaque mot est clair. Brutal.

– Eteins ça, menace Deviller.

Il ne bouge pas.

– J'étais quoi, pour vous ?

Louise ose. Deviller semble surpris, mais le montre le moins possible. Les jeunes qui encourageaient Lisa, tout à l'heure, s'en vont en se bousculant. Aucun n'a semblé les remarquer. Louise est enfermée. Elle a tenté, à l'instant, d'obtenir dans les yeux, dans la bouche de l'homme un minimum d'humanité. Il répond enfin.

– J'étais drogué.

L'enregistrement est toujours à l'écran, sur le portable de Louise. Elle le tient dans la paume de sa main gauche et approche le pouce. Clique sur l'icône en bas à droite.

Supprimer l'enregistrement ?

Louise penche le téléphone pour le montrer à Deviller. Gêné par les reflets du soleil, il pose sa main dessus pour faire de l'ombre. Cette main qui a levé sa jupe, arraché la culotte. Qui lui palpait les fesses puis la tenait par la taille. Elle est carrée. Osseuse. Les doigts sont épais. Louise regarde avec dégoût les ongles rongés. Deviller est à côté d'elle. Il la touche presque. Louise ne supporte sa présence. Qu'on en finisse. Elle respire mal.

Oui

Elle clique avec son pouce. Elle vient d'accélérer sa petite mort. Il a gagné. Elle ne le regarde pas.

– Et les enregistrements ?

Il n'a aucune pitié.

– Il n'y en avait qu'un…

Elle a dit ça au hasard. Elle l'a entendu parler d'une clef USB. Elle ne comprend pas. Mais visiblement, il s'en contente. Louise serre les dents. Elle sent la gerbe qui monte. Il s'en va. Il n'y a plus personne sur les pelouses. Juste un match sur le court 4. Si elle trouve les toilettes, dans le club-house, elle ira vomir.

Chapitre 22

Louise s'essuie la bouche. A genoux devant lui, elle le regarde refermer la braguette de son jeans. Louise est une proie facile. Elle n'a plus de respect pour elle-même. Elle ne sait plus dire non. Détraquée sexuellement. Alors le brun ou un autre. Au moins il ne sent pas l'ouvrier, comme Bulent. Mais elle s'en fout. Elle ne se souvient même plus de son prénom. Lisa avait fait les présentations, tout à l'heure. Ils étaient arrivés presque en même temps au centre équestre. Vers 21h15, ce samedi soir. Elle et Lisa dans la voiture du journal, siglé NR. Les trois autres dans une Audi break. Des gosses de riches, en vacances dans une grande propriété solognote. Un beau brun, 17-18 ans, un autre garçon plus petit, en chemise blanche et une fille, banale.

Un autre couple doit les rejoindre, venu de Clermont-Ferrand. Ils auraient pris de retard.

– Tu suces mieux que Lisa.

Louise ose à peine regarder le brun, gênée. Il ne doit même pas être majeur et il a un aplomb incroyable. Elle rougit et empoche le billet de vingt euros qu'il lui tend. Elle ne se souvient même pas d'avoir raconté, tout à l'heure, alors qu'ils étaient tous allongés sur des bottes de foin à tirer sur leurs joints, comment elle arrondissait ses fins de mois. Mais visiblement, elle l'avait raconté. Elle entend encore le rire de Lisa, enfouie dans les bras d'un moniteur d'équitation à dreadlocks.

– Merci, c'est touchant…

Louise se redresse, titubant légèrement. Elle est restée à genoux de longues minutes pour satisfaire le brun et sa tête tourne. Des bougies éclairent le hangar où sont stockés le fourrage destiné aux chevaux et du matériel pour décharger le foin et la paille. Cette « soirée dope au centre équestre », comme dit Lisa, est originale. Louise respire. Les odeurs mêlées de cheval, de crottin, de foin, de pins. Elle reboutonne sa chemise. Exceptionnellement, elle a abandonné son éternel tee-shirt vert pour cette soirée. L'occasion de le laver. Il doit pendre sur le rebord de la fenêtre, chez elle. Elle fixe Lisa qui est allongée, la jupe relevée sur ses cuisses bronzées. Elle aime bien cette fille. Lisa, c'est elle-même cinq ans plus tôt. La moue boudeuse, trop belle pour passer inaperçue. Mais trop belle trop tôt. Louise n'a pas eu le temps de sortir de l'enfance. Violée. Elle espère sincèrement que Lisa ne connaîtra pas le même enfer.

« Lisa protège toi. Pas de ton père, mon bourreau, mais d'un autre. Il y a tant de prédateurs », pense-t-elle.

Lisa tend le joint à Louise. Et décapsule une bière. Le jeune garçon à la chemise plus tout à fait blanche sourit dans un coin en parlant tout seul. Louise aspire une bouffée, accepte la bière et boit une longue gorgée. Elle est tiède. Elle secoue la tête de dégoût et reprend son souffle. Elle a bu trop vite. Les troncs des pins se découpent dans la pénombre. Elle entend les bruits de la nuit. Insectes, lapins. Certains chevaux ne dorment pas. Agités. Louise a cru comprendre que la dope était cachée dans un des box. Plus loin, dans le bâtiment en pierres blanches, une lumière au premier étage.

« Le proprio ne dort pas mais il ne viendra pas nous faire chier. Il est cool », avait prévenu Lisa, dans la voiture.

Il y a des nuages, cette nuit. Même s'il fait toujours aussi lourd. Louise cherche un peu d'air. Quand les nuages libèrent la lune, elle distingue la barrière en bois qui clôt le centre équestre à presque centre mètres, derrière le grand manège. Au-delà, la forêt. Paradoxalement, elle se sent protégée dans ce grand espace calme. Les jeunes amis de Lisa ne lui ont pas demandé d'où elle vient, ce qu'elle fait. Elle se sent respectée.

– On va se faire chier, un mois ici... J'ai invité des copains qui ont une voiture. Ils viennent dans quelques jours, on ira à Toulouse. Je n'en ai pas encore parlé à mes parents...

Le brun s'adresse à Franck, le moniteur d'équitation. Les deux jeunes hommes trinquent. Un téléphone portable diffuse du RnB, certainement celui de la jeune fille venue avec les deux garçons et dont Louise aussi ignore le prénom.

– Tu es là jusqu'à quand ?

Louise est surprise mais touchée de la question de Lisa. Parce qu'elle voulait dire « j'espère que tu restes tout l'été. »

Elle sourit, mais dans la nuit, elle sait que Lisa ne la verra pas.

– Jusqu'à ce que je trouve le courage de porter plainte contre ton père. Ou alors, qu'il me dise qu'il m'a aimée, cette nuit-là. Que j'étais toujours, à ses yeux, un être humain. Mais je ne te le dirai pas, Lisa, car tu n'y es pour rien. Et tu es trop jeune pour savoir.

Louise garde enfouie ses secrets, ses douleurs. Elle n'en dira rien à Lisa. Elle chasse machinalement la poussière son pantalon qui la boudine,

– Fin du mois. Je rentre en deuxième année de journalisme le 8 septembre.

– Tu fais tes études où ? demande Lisa

– Marseille…

La jeune blonde retire les morceaux de paille dans ses cheveux d'or. Ses gestes sont fluides, élégants. Louise secoue doucement sa tête au rythme de la musique, une bière à la main. Le téléphone portable diffuse du Jennifer Lopez. Dire qu'elle est heureuse serait un peu exagéré. Mais elle aime bien cette soirée. L'air chaud embaume d'odeur de foin coupé. Lisa semble engourdie par la fumée, étourdie par son amant. Leurs corps se mélangent. A quelques mètres, toujours assise, le dos qui repose sur une énorme botte de paille, Louise ne distingue pas qui est où. Seule la chevelure de Lisa offre un repère visuel.

– Il y en a beaucoup des fêtes de ce genre, ici ? C'est la première fois que je viens dans un centre équestre… dit Louise.

Elle entend le rire de Franck, qui secoue ses dreadlocks.

– C'est le spot de la région ! En août, il y en a deux ou trois par semaine. On essaie de ne pas être trop nombreux. S'il y a beaucoup de voitures sur le parking, cela se voit depuis la route départementale. En pleine nuit, cela pourrait attirer les curieux…

Franck embrasse Lisa, tire sur son joint. Le jeune homme brun vient s'assoir à côté de Louise. Ils trinquent en faisant tinter leurs bouteilles de bière. Louise lui sourit. Il est beau garçon. Mais elle n'éprouve pas d'attirance physique. Sa seule attirance, elle est pour les conduites anarchiques. A risques. Voilà à quoi ressemblent ses envies. Dialogue impossible avec son corps.

– Tu es partie quand d'Aix ?

Louise cherche ses mots. Elle parlera. Elle se sent bien, presque enivrée. Une petite bise s'est levée, faisant bruisser les feuilles des pins. Loin, très loin, sur la route départementale, un bruit de moto. Un cheval souffle, dans le box. Eclairée par la lune, une flaque d'eau se reflète, près du gros tuyau d'arrosage. Certains chevaux ont eu droit à leur douche, au coucher du soleil, quand la température à offert un peu de répit. La flaque est une oasis pour deux petits oiseaux que Louise, de loin, ne reconnaît pas. Puis le silence, à nouveau. Louise hésite. Pas longtemps. Elle flirte avec le feu.

– Après une agression. J'avais besoin de quitter Aix. On m'a envoyée chez mes grands-parents. A Marseille. J'ai poursuivi des études. Journalisme. Et je suis ici pour un boulot d'été. Rien d'autre à dire…

Louise sait que Lisa voudra en savoir plus. Elle joue. Elle risque quoi ? Le téléphone portable envoie du Drake. La fille pas très jolie se laisse pénétrer par le garçon à la chemise tâchée d'herbe et de terre.

– Mon père aussi est parti d'Aix il y a cinq ans, dit Lisa. Il nous a dit qu'il ne pouvait plus rester. Pourtant il était le maire…

Elle marque un temps d'arrêt.

– Et maintenant, il est ici. Comme toi ...

Louise frissonne. Dans la pénombre, elle cherche à lire sur le visage de Lisa. L'adolescente a-t-elle compris ? N'y voit-elle qu'une coïncidence ? Louise attend que Lisa poursuive sa phrase. Elle a insisté sur le « Comme toi ». Trop insisté. Il fait toujours chaud, malgré un léger souffle d'air. Mais c'est le silence à nouveau. Un peu plus pesant, pour Louise. Elle n'entend plus que le crépitement du joint qui se consume. A l'entrée du hangar, deux vélos sont rangés le long du mur en bois. Le portable joue du All Saints. Louise a l'impression d'entendre plusieurs chevaux souffler bruyamment. Celui qui s'agitait, tout à l'heure, a dû réveiller les autres. La lune est partiellement cachée par un nuage. La masse sombre d'un tracteur se découpe dans la nuit, près du manège, avant la petite butte. Louise pose sa bouteille de bière, puis se lève. Sa tête tourne. La fille pas très jolie a joui discrètement, sur une bâche qui recouvre un tas de foin. Louise marche quelques mètres. Franck, le moniteur d'équitation somnole.

Soudain, le physique imposant de De Kerkhove surgit à l'entrée du hangar. Surprise, Louise étouffe un cri.

– Barrez-vous ! La police !

Franck se réveille, d'un coup. Louise distingue, sur sa droite, les reflets d'une lumière bleue. Un gyrophare. Lisa, à genoux tente de récupérer les mégots écrasés sur le sol. Le brun souffle sur les bougies. De Kerkhove ressort du hangar. Louise tente de réagir, mais ses jambes ne la guident plus. Elle reste plantée.

De Kerkhove revient, affolé.

– Lisa ! Ton père !

Louise est au ralenti. Lisa se lève brusquement.

– Quoi ? Tu rigoles ? Comment il sait ?

– Je l'ai aperçu dans la lumière du lampadaire, sur le parking. Il y aussi une voiture de gendarmerie. Vite !

De Kerkhove, essoufflé, semble encore plus imposant. Il savait qu'un jour, ces fêtes poseraient problème. Mais il a ses accords secrets, avec le maire. Chacun y trouve son compte. Il ne comprend pas.

Folle de rage, Lisa comprend qu'elle a été trahie. Son père lui avait promis qu'il la laisserait sortir, sans la suivre, sans l'espionner, sans gâcher sa soirée. Elle était venue, il y a quelques jours, exprès dans son bureau pour lui faire comprendre que c'était important pour elle qu'il lui fasse confiance. Les yeux humides de colère, elle tape du pied dans une botte de foin.

– Enculé…

Lisa tente de trouver une issue dans les yeux de Franck. Le moniteur d'équitation lui touche quelques secondes la main.

– Ne bouge pas… J'ai une idée…

De Kerkhove indique de son doigt boudiné les cadavres de bouteille. Mais personne ne prête attention à l'imposant propriétaire du centre équestre. Les deux jeunes qui baisaient se rhabillent en catastrophe. De Kerkhove est agité. Il n'ose pas élever la voix.

– Ramassez les bières !

Le maire est au courant, pour son petit trafic. Pas pour sa fille.

Deviller presse le pas. A sa droite, le bâtiment en pierres blanches. Il distingue, plus loin, une maison de bois, plus petite. La sellerie qu'il avait visitée, une année, quand ses relations avec de Kerkhove étaient moins tendues. La carrière est baignée par la lune. Le hangar, d'où vient un bruit confus, est à une cinquantaine de mètres. Il se félicite intérieurement d'avoir eu l'idée de cette filature. Il se doutait qu'Anicet ne lâcherait pas la journaliste tout en restant discret. Quand l'Antillais l'a appelé, il y a une heure à peine, il tournait en rond chez lui. Lisa n'était toujours pas rentrée...

– Monsieur le maire, c'est moi...

Deviller avait envie de l'insulter lui et tous les Antillais du monde...

– Oui, je sais ! Vous avez du nouveau ?

Anicet hésitait...

– La journaliste et votre fille sont au centre équestre de la Tourelle, à la sortie de la ville. Je...

Deviller avait alors immédiatement compris. Les fameuses soirées chez De Kerkhove, où l'on ne fume pas que des cigarettes en chocolat... Et où, certainement, les filles ne sucent pas que de la glace. Mais il ne pensait pas qu'il y avait des mineures et encore moins sa fille Lisa.

– Ne bougez pas et surveillez, Anicet !

Deviller avait raccroché pour composer le numéro de Karl Bernal. Il savait qu'un jour, le commandant en second de la gendarmerie de Romorantin lui serait utile. Hors procédure, évidemment. Retour de service. Karl était sensible à ceux rendus à son père. Les marchés publics, cela vaut bien la peine de mettre, le temps d'une soirée, un voile pudique sur l'obligation de présenter un mandat de perquisition...

Mais soudain, dans l'obscurité du centre équestre, des éclats de voix brisent le silence. La lumière s'éteint dans le hangar. Ils ont été repérés. Le berger des Pyrénées, attaché à une longue chaîne, grogne méchamment. Deviller et Bernal accélèrent. Sans les renseignements précieux d'Anicet, ils auraient perdu du temps entre les différents bâtiments du centre équestre. Mais il sera peut-être trop tard. Malgré la nuit, des ombres se dessinent des formes imposantes. L'odeur de cheval oppresse Deviller. Ils entendent leurs propres pas sur les pavés en pierre.

Louise, machinalement, passe la main sur sa chemise pour enlever le foin qui s'est accroché. Soudain, à quelques mètres du hangar, derrière une haie de thuyas, Franck chuchote.

– Viens ! On se casse …

Il s'adresse à Lisa. Surprise, elle tente de garder son calme. Elle veut contenir sa colère et se raisonner. Suivre son amant ? Son père arrive et elle voudrait lui hurler sa haine. Elle hésite. Ecoute ses sentiments ? Sa rage sourde. Elle vexée que ce soir encore, il l'ait prise pour une enfant.

– Dépêche-toi !

Franck est nerveux. Son père s'en mordra les doigts. Franck a raison. Partir, loin ! Elle secoue cheveux blonds, sent l'adrénaline qui monte.

– Franck…

Franck lui prend la main. Ils courent vers l'écurie. Troisième box. Soudain, un hennissement, déchire le calme. « Clovis du Rouret » a senti Franck. Lisa a chaud. Des frissons parcourent ses jambes de l'adolescente. Le moniteur d'équitation secoue ses dreadlocks en claquant sa langue dans sa bouche. « Clovis du Rouret » s'agite, souffle des naseaux.

La lune s'est cachée, à nouveau. Depuis deux jours, le ciel n'est plus d'un bleu immaculé. Il fait toujours aussi chaud mais les nuages se multiplient. Une alerte aux orages circule, mais pas avant quelques jours. A la seconde où la pénombre envahit de nouveau le centre équestre, deux ombres se faufilent vers les box. Deviller et Bernal ne les ont pas vues. Le chien grogne plus fort et tire sur sa chaine en métal. Louise est toujours interdite, debout, tenant droit difficilement, lorsque Deviller et le gendarme Bernal pénètrent dans le hangar.

– Ou est Lisa ?

Louise prend peur. Les mots se bloquent dans sa gorge. Bernal attrape son bras, serre.

– Je vous en prie…

– Ou est Lisa ? hurle Deviller en écartant des bottes de foin, l'air hagard.

Louise sent que son corps lâche.

– Elle était là, il y a cinq minutes…

Louise espère de tout cœur que Lisa ait eu le temps de s'enfuir.

Dans la nuit, Franck déverrouille la porte d'un box. Ses gestes sont rapides, précis. Fuir. Lisa devine les yeux du cheval qui la fixent. Elle sent son inquiétude. Elle vient d'entendre son père hurler, dans le grand hangar. Il n'y a qu'une dizaine de mètres entre les deux bâtiments. La nuit la protège.

– Vite !

Franck lui fait signe de se taire. Il murmure quelques secondes dans l'oreille de Clovis. Caresse son museau, sa croupe. Puis il l'entraîne hors du box. Lisa sent une bouffée de chaleur entre ses jambes, entre ses petits seins, dans son cou. Elle saisit le bras de Franck.

Il la guide dans l'obscurité. Ils sortent du paddock. La lune éclaire à peine.

Regard furtif vers la grange. A l'extérieur, des ombres. Les sabots de Clovis claquent sur la pierre.

– Franck ?

C'est la voix de De Kerkhove.

– Franck, tu fais quoi ?

Lisa serre un peu plus fort le bras de son amant.

Franck ne répond pas. Il saisit Lisa par la taille et la soulève.

– Monte...

« Clovis du Rouret » secoue la tête en soufflant.

– Franck, merde !

La voix de De Kerkhove est de plus en plus lointaine. Lisa sent les mains de Franck le long de ses hanches. Il la soulève, doucement, sans à coup. Elle s'agrippe à la crinière du cheval, bascule sa jambe droite. Elle se redresse, flatte l'encolure de Clovis du Rouret.

– Recule-toi…

Franck prend son élan et s'installe devant elle, sur le cheval. Lisa respire plus vite. Elle coince son visage dans le cou du moniteur d'équitation. Clovis du Rouret s'élance.

– Franck, ne fais pas de connerie !

Deviller sort du hangar comme une furie. Il transpire dans sa chemise blanche. Il aperçoit l'ombre du propriétaire du centre équestre. Il tourne la tête. Loin, dans la nuit, un galop. Il comprend. Sa fille.

– Lisa !

L'adolescente n'entend pas. Elle est ailleurs. Dans l'interdit. Dans son coup de folie. Elle s'accroche au teeshirt de Franck. Son esprit est encore embrouillé par le cannabis. Ses cheveux blonds lui tombent dans les yeux. Dans ses reins, la puissance du cheval qui s'élance. Franck se penche en avant.

– Va, Clovis…

La voix de De Kerkhove déchire la nuit.

– Reviens, enculé ! T'es qu'un employé ici !

Bernal a rejoint Deviller. Il a lâché Louise. Deviller se retourne. Il voit la fille rasée qui s'agenouille, en reniflant. Il s'en fout.

Lisa a crié de peur au moment où Clovis est parti au galop. Elle respire plus vite. Accrochée à Franck, ils dépassent le manège. Plus loin, après le parking, la haie est moins haute. Puis la route. Puis la forêt. Lisa n'a plus peur. Le souffle régulier de Clovis du Rouret la rassure. Ses mains serrent la taille de Franck. Il sent le vent, il sent la liberté. Lisa se grise. Elle ne devrait pas. Heureusement, aucune voiture sur la petite route. La forêt, la nuit, noire. Les flancs de Clovis du Rouret sont chauds. Elle entend à peine Franck qui tourne légèrement la tête pour hurler.

– Tu as peur, Lisa ?

Elle fait signe que non. Mais il ne la voit pas.

Au centre équestre, les poings serrés, De Kerkhove interpelle Deviller à la lueur d'une lampe de poche.

– Pourquoi vous venez me faire chier pour trois jeunes qui fument ? Vous faites du zèle ?

De Kerkhove sait bien que Deviller est venu pour récupérer sa fille. Et accessoirement le faire chier.

– C'est hors procédure, De Kerkhove. Tu ne risques rien.

De Kerkhove ne sait pas s'il doit être rassuré ou inquiet. Il n'a aucune confiance en Deviller. Sa chemise qui colle son corps gras est trempée de transpiration.

Lisa ferme les yeux, enfouit sa tête dans le cou de Franck. Elle voudrait qu'ils soient déjà loin, en Argentine ou en Australie. Ils ont juste parcouru un kilomètre dans la forêt de Sologne, direction Vierzon.

– Doucement…

La voix de Franck est douce. Clovis du Rouret ne ralentit pas. Il est libre, nu, sans harnachement. Les bras de Lisa entourent Franck jusqu'à lui arracher la peau. Soudain, elle sent la main de l'homme de sa vie écarter la sienne. De l'autre, il saisit ses dreadlocks et les enferme sous son teeshirt. Puis il tente de s'accroupir sur le cheval en tenant fermement sa crinière. Lisa se crispe. Elle a compris. Il a besoin de cette adrénaline.

– Franck, attention…

Lisa entend la respiration saccadée de Franck. Elle distingue, dans la nuit, un sourire qui éclaire son visage d'ange… Il est heureux. Elle est folle de lui. Elle voudrait qu'il lui fasse l'amour, là, maintenant, pendant des heures. Toute la vie. Même pendant cent ans, ce ne serait pas assez. Son corps est chaud, sa tête explose !

A quelques dizaines de mètres, une clairière. Lisa aperçoit le clocher de l'église de Romorantin. Elle se dit qu'elle connaît cet endroit mais elle n'arrive plus à réfléchir. Franck est maintenant debout sur Clovis ! Comment tient-il ? Le cheval a compris et ralentit. Lisa a peur, cette fois.

– Franck !

Il se retourne, lève les bras. Lisa sourit, c'est son dieu. Elle sert si fort ses jambes autour des flancs de Clovis du Rouret que ses cuisses brûlent. Elle saisit les chevilles de Franck toujours en équilibre. Ils s'éloignent de la clairière. Nuit noire à nouveau. Lisa connaît ce chemin. Ces arbres, ces feuilles, elle les respire, un à un, tous ses sens sont en éveil… Elle reconnaît même sans voir ! Clovis galope. C'est là qu'elle faisait du vélo, l'autre jour. Sa forêt, son chemin ! Elle ne verra plus son père, elle en est sûre. Ses yeux sont humides... Elle part avec l'homme de sa vie. Lui ne la trahira pas. Ce père qu'elle vomit s'éloigne au rythme du galop de Clovis du Rouret.

Franck est toujours en équilibre, fouetté par le vent.

Soudain, Lisa hurle. Un long cri qui déchire la nuit.

Le choc, violent. Dans un bruit sourd, le corps de Franck percute le pont de pierre et retombe comme un poids mort sur Lisa puis au sol. Clovis du Rouret fait un écart et rue. Lisa s'accroche, au cheval, qu'elle tente de calmer. Horrifiée, les larmes coulent le long de ses joues.

« Papa, je te hais ! ».

Les sanglots emportent ses paroles.

Au centre équestre, Deviller a entendu un cri, lointain. Louise sent un frisson glacial la parcourir.

– Vite ! crie Deviller au gendarme.

Il se précipite vers le bois.

Chapitre 23

4h24 du matin. Je fume une cigarette, assis par terre, adossé à un arbre. Je me sens apaisé, enveloppé par le silence et la nuit. C'est ma troisième nuit de suite, ici. Je n'avais plus fumé depuis presque deux ans. La lune éclaire la barrière blanche. Une bise légère souffle dans les feuilles de la haie d'arbres touffus. J'ai fini par comprendre la signification des photos sur le portable de Louise. Je ne peux pas attendre qu'elle passe à l'acte. Depuis la grosse masse sombre du Foyer des Jeunes Travailleurs, je prends Un petit chemin de terre, qui mène à des grillages troués par lesquels il est aisé de se faufiler.

Je suis en alerte. Elle ne sera pas la première à se jeter de désespoir sous un train. Et qui a-t-elle alerté ? Moi. L'enregistrement de Deviller, dans le bus, avec cette photo du dépliant SNCF, sur lequel elle a griffonné 4h29, c'est du hasard, peut-être ?

Si ce n'est pas cette nuit, je reviendrais encore. Je prends mon service à six heures. Je me réveille plus tôt, c'est tout. Depuis que cette fille m'a appelé au secours, moi, chauffeur de bus municipal, je me sens obligé de l'aider. Je baigne même dans une euphorie que je n'arrive pas à décrire.

Le silence est total. J'écrase mon mégot contre une racine.

Je me dis qu'elle m'a fait confiance. Elle est si fragile, dans son vieux K-way, comme une femme cassée, que j'irais au bout du monde pour la protéger. L'idée me plaît, mais je n'irai pas au bout du monde. Je n'ai pas l'envergure pour un tel acte de bravoure. Au bord de la voie ferrée, c'est déjà beau ! J'hésite à reprendre une cigarette. Elles m'abrutissent. Mais comme elle ne viendra pas, ce n'est pas grave. J'essaie, dans un éclair de lucidité, de comprendre comment j'en suis arrivé à me retrouver ici. J'ai tellement envie d'entendre des pas, dans le petit chemin qui mène à la voie ferrée que je fais comme si. Je ferme les yeux pour les entendre mieux. Les pas de Louise, le frottement de son k-way. Du coup, je me redresse pour ne pas lui faire peur.

Un cri !

– Qui...

– Louise ?

Un silence. La silhouette de Louise se découpe dans la pénombre. Perdu dans mes pensées, je ne l'ai pas entendue !

Je ne dois pas bégayer. Pendant ce court instant, une à deux secondes, elle aurait pu s'enfuir. Elle ne l'a pas fait.

– N'ayez pas peur ! C'est moi, Luc, le chauffeur de bus !

J'entends du bruit dans un buisson d'herbes folles, au bord de la voie ferrée. On a dérangé des lapins ou je ne sais quelle bestiole.

Elle est là, elle est bien là. Je suis ému et tendu. Je veux la protéger mais je ne peux pas le lui dire comme ça, elle ne comprendrait pas ! J'avais répété, avant, les mots pour ne pas l'effrayer mais je ne me souviens plus. Elle est toujours immobile. Je distingue ce visage rond, ce crâne rasé.

– Qu'est-ce que vous faites là ?

Elle bouge. Elle n'a pas peur. Fragile, inconsciente. Et donc si forte.

– Vous voulez vous asseoir ? Il y a une grosse souche, ici...

Je suis consterné par ce que je viens de dire, à 4h26 du matin, face à une fille qui s'apprêtait à se suicider sous un train. Se suicider ? Forcément ! Elle venait faire quoi, sinon ? L'intercité Paris-Toulouse passe dans trois minutes.

Cette fille a un courage infini. J'en ai les larmes aux yeux.

Sans moi, ici, cette nuit, elle aurait disparu. Sans que personne ne sache rien. Mais je suis là. Cette émotion me submerge totalement.

– Je vous attendais...

Je ne sais pas si cela va la rassurer. Mais Louise ne parle pas. Nous sommes à quelques mètres de distance. La lune éclaire l'endroit. Les rails, les arbres, les haies de hautes herbes, la barrière. Elle et moi.

– Pourquoi ?

Jamais, je n'avais entendu une voix si douce. Je sais bien que je ne suis plus lucide. Mais cette fille devient, tout à coup, ce que j'ai de plus cher au monde. Alors je vais le lui dire. Sans l'effrayer.

– Parce que j'ai peur pour vous.

Elle ne dit rien. Immobile. Je devine ce k-way dans lequel s'enfouit un moineau pour se cacher. Elle est un minuscule moineau, à la portée d'une simple pichenette de doigt qui le tuerait.

– Pourquoi avez-vous pris en photo le dépliant SNCF, à l'heure du passage du train à Romo ?

Ne pas laisser de silences. Je rougis. Mais dans la nuit, cela ne se voit pas. Je crains de lui avoir fait peur et qu'elle parte. Qu'elle me prenne pour un pervers.

– Vous avez fouillé dans mon portable ?

Louise n'est pas en colère. Louise n'a plus de colère. Epuisée par cette haine enfouie depuis si longtemps. Elle ne s'approche pas mais ne recule pas. Je pourrais faire ce que je veux d'elle, ici, au milieu de nulle part, en pleine nuit. Cette fille est une proie. Elle ne survivra pas à tous ces prédateurs qui rôdent. J'ai envie de la prendre dans mes bras. L'ombre devant moi remue à peine...

Soudain, un souffle ! Violent ! Du coin de l'œil, je distingue Louise qui s'approche. Le vacarme est tel que je suis comme paralysé. Mais je comprends. Je crie en une demi-seconde, j'ai le réflexe de sauter sur Louise.

Le train !

Je la plaque au sol. Son corps mou n'oppose aucune résistance. Je sens son ventre, ses seins.

Je ne sais pas si c'est ce qu'elle espérait, au fond d'elle. Mes pensées se bousculent, j'ai trop de sentiments, d'un coup. Je suis son héros ? Où va-t-elle me haïr ? Je l'imagine emportée par ce train qui va si vite et troue la nuit. J'en ai mal aux oreilles.

Mais Louise ne dit rien, ne se débat pas.

Ce train est interminable ! Le monde entier est parti cette nuit de Paris pour Toulouse ? La SNCF rajouté quarante wagons ?

Le bruit est assommant. Je tremble dans cette nuit chaude. Je ferme les yeux. J'ai peur. La petite bête traquée ne bouge même pas sous moi.

– J'ai entendu l'enregistrement... Vous et le maire...

Je crie en profitant du bruit du train, comme si je n'osai pas lui dire en face. Enfin, en face... Couché sur elle, c'est plus facile.

Comme un sifflement, le train transperce l'air, le vent. En quelques secondes, il a filé. Mais son passage brutal de tôle et d'étincelles est encore si violent dans ma tête. La nature semble figée de s'être faite agressée. A cet instant, cette fille devrait être morte, le corps en lambeaux éparpillé sur la voie. Je ressens comme une peur foudroyante, un vide total mêlé à une douce euphorie. Ces sentiments sont trop violents. Je respire vite. J'ouvre les yeux. Les buissons d'herbes folles sont des ombres, au pied des arbres. Tout est figé à nouveau. J'entends distinctement des bruissements sur cette terre sèche. Les bêtes et autres insectes reprennent le cours normal de leur vie. Nous sommes des intrus.

Louise m'a-t-elle entendu ? Je me redresse. Elle ne bouge

pas. Je n'ose pas la toucher. Je souffle. Mais comment va-t-elle réagir ? Le train est loin, ignorant tout ce qu'il s'est passé. Combien en a-t-il tué, lui et les autres trains ? Soudain, Louise renifle. Elle pleure ? Elle est allongée, sur le ventre. Je crois que je l'aime. Comme j'aime la première femme à qui je sauve la vie. La première qui me sourit quand elle monte dans mon bus, gratuitement. Elle ne s'est pas enfuie, il y a quelques minutes. Elle m'a donné sa confiance. Je l'ai sauvée d'un train. Je le sauverai d'un gang de mille hommes armés.

Louise se relève. Elle s'écarte de moi, mais doucement, pour pas que je me vexe. J'ai honte alors je regarde de l'autre côté, vers les sous-bois. J'entends sa voix. Sans émotion, comme si rien ne s'était passé. Si elle a pleuré, cela a duré une demi-seconde.

– Ce n'était pas volontaire si j'ai oublié mon portable dans votre bus.

Sa voix est à peine audible, dans ce silence. J'imagine ses yeux, perdus. Je suis déçu mais je sens que cette fille ne ment pas. Il faut que j'enchaine. Je ne veux pas qu'elle parte ! Mais je ne sais pas quoi dire. Surtout pas de silence qui la ferait fuir. Elle est cassée, elle est libre. Elle peut s'envoler à tout moment.

– Je croyais à un appel au secours.

Je parle doucement. Le jour va se lever. Je voudrais que cet instant ne s'arrête jamais. Je frotte la paume de ma main sur la terre. Je saisis le moindre brin d'herbe. Je suis gêné. J'ai peur de la brusquer. J'attends sa réaction en essayant de sentir la nature vivante autour de moi. Pour me rassurer. En espérant que cela la rassure… Les rails de chemins de fer traversent le bois comme une saignée. Plus loin, la masse encore sombre du Foyer des jeunes travailleurs.

Mais elle ne répond pas. La lune s'est cachée à nouveau.

Je n'ai pas sommeil.

– Je dois y aller... Merci.

Merci qui ? De quoi ? Tu le referas demain ou après-demain ! Je ne pourrai pas être là toutes les nuits ! Viens, je t'emmène aux flics ! Les mots ne sortent pas. Louise me frôle. Je tends ma main. On se touche. Je ressens un frisson le long de mon dos. Ce corps, cet être face à moi dans la pénombre aurait pu disparaître sous un train il y a quelques secondes. Dans un geste d'une violence inouïe, à la hauteur de son désespoir.

– Louise ?

Elle s'arrête.

– Une cigarette ?

Elle se retourne, s'approche. Je lui tends mon paquet. J'allume avec mon briquet. Les crépitements du tabac qui se consume me rassurent.

– Je veux vous aider, Louise.

Elle ne dit rien. On fume. Elle debout, moi, adossé à la barrière. Le train doit être loin mais pour moi le temps s'est arrêté. Cette fille a besoin de moi. Je viens de lui sauver la vie, mais c'est quoi sa vie ? Est-elle en vie ?

Depuis mes quelques mots, il a dû s'écouler deux ou trois heures tellement ces secondes sont longues. Mais je n'ose plus rien dire. Louise porte la cigarette à sa bouche, aspire, souffle. Elle semble inerte, le regard perdu.

– C'est gentil mais je laisse tomber. Merci pour la cigarette.

Son ombre bouge. Je vois bien qu'elle s'en va, que cela me déchire le cœur. Mais je n'ai ni l'envie ni la force de bouger. Je veux la laisser tranquille, j'ai l'impression qu'elle a tellement parlé que j'ai déjà beaucoup de chance. J'ai bousculé son intimité. J'ai remué dans ses plaies. J'écrase ma cigarette dans l'herbe pelée.

Je me souviens. A la fin de l'enregistrement, les menaces

de Deviller.

« Pense à ta mère... »

Je crois que c'est pire que ce que j'imaginais. Mais j'ai l'impression d'avoir un peu aidé cette fille et je suis content. Je ne pense pas qu'elle prendra le bus tout à l'heure. Moi oui, mais je m'en fous de ne pas dormir. Je me dirige vers mon vélo, attaché plus loin, près du bâtiment du Foyer des Jeunes Travailleurs dans lequel Louise doit souvent pleurer. Je ne sais pas à quel étage elle habite, mais aucune lumière ne s'allume.

Louise referme la porte de sa chambre. Elle n'a pas voulu dire au chauffeur de bus qu'elle avait tout effacé. La clé USB, c'était donc lui. Elle voudrait pleurer. Mais pas pleurer comme d'habitude. Pleurer comme quand on est ému. Parce que quelqu'un vous a voulu du bien.

L'ambulance file vers l'hôpital de Tours. Franck est dans le coma. Quelques minutes après le choc, De Kerkhove était déjà sur place au volant de son break Peugeot. Malgré la nuit, les chemins de terre à la limite du praticable en voiture, le propriétaire du centre équestre s'était dirigé à l'instinct. Franck lui avait déjà montré cet endroit, près du petit pont, lui suggérant une extension pour un nouveau manège. Deviller est arrivé quelques instants plus tard, fou d'inquiétude pour sa Lisa dont le hurlement lui a glacé les sangs.

Chapitre 24

Louise ne s'est même pas déshabillée en rentrant au petit matin. Elle sursaute à cause d'un bruit sourd, dans l'escalier du Foyer. Elle a dû dormir une heure. Elle n'ira pas travailler. Elle avait eu la bonne idée de demander à Brézillon, son rédacteur en chef, de prendre, aujourd'hui, son repos hebdomadaire. Elle savait qu'en sortant, la veille, elle serait fatiguée. Allongée sur son lit défait, elle ne sait plus si elle vivante ou morte. Elle n'est même pas soulagée. Le soleil transperce les rideaux tirés de sa minuscule kitchenette. Par terre, un paquet de gâteaux. Elle touche sa chair, son crâne. Enveloppe sale. Elle regarde l'écran de son portable, posé sur le carton qui sert de table de chevet.

Huit heure trente.

Soudain, elle pense à Jules. Elle s'était juré que pour lui elle tiendrait le coup ! Elle n'a pas respecté sa parole, cette nuit. Elle a voulu se jeter sous ce train. Elle sait qu'elle l'aurait fait sans ce chauffeur de bus… Elle a besoin de serrer dans ses bras cet enfant qui ne parle pas, bouge maladroitement et ne veut pas dormir. Tout de suite. De s'excuser d'avoir failli le laisser, seul, dans ce grand hôpital. Le dimanche, il y a un car a dix heures.

Louise tente de se lever de son lit défait. Son jean la serre. Elle se rassoit. Mal au crâne. Derrière le rideau en tissu mal coupé, le soleil est déjà agressif. Louise cligne des yeux. Elle est persuadée que Deviller a fait lever l'interdiction d'accéder au service neuro du CHRU de Tours. L'empêcher de voir Jules. C'était puéril et il le savait. Elle l'a lu dans ses yeux, l'autre jour, au club de tennis. Machinalement, elle écarte les miettes de gâteaux secs sur ses draps. Elle grimace en apercevant les auréoles. Les traces de Cheikh ou Bulent. Elle s'était jurée d'emmener ses draps à la laverie, pas loin du Foyer. Elle se lève. Une douche, rapide. Elle évite le miroir. Elle écarte le rideau en tissu. Le tee-shirt vert est sec. Il est comme coupé en deux par le pli du rebord de la fenêtre entrouverte, dernier rempart avant la lumière blanche. Journée de canicule. Encore. Dans une heure, elle prendra le car pour Tours.

Lisa s'impatiente. Elle n'a pas dormi. Pas pu. Elle hait son père. Jacky Deviller a cédé, pour tenter de conserver un infime lien avec sa fille. Ce matin, il a accepté de l'emmener au CHRU de Tours ou Franck est plongé dans le coma. Lui non plus n'a pas dormi. En arrivant sur place, paniqué, cette nuit, il l'a trouvé indemne. Il l'a prise dans ses bras. Pour la première fois depuis longtemps. Elle n'a pas opposé de résistance. Trop choquée. Ils ont attendu l'ambulance. Puis ils sont rentrés dans la grande villa, au nord de Romorantin. Lisa pleurait.

– Cela ne sert à rien d'y être trop tôt. Ce ne sera pas ouvert au public avant une bonne heure. Mange.

Mais Lisa ne touche pas au bol de céréales que son père a préparé. Du lait demi-écrémé, une banane qui commence à noircir. Jacky Deviller se passe la main dans les cheveux. Il est neuf heures, ce matin. Il n'a pas pris le temps de les coiffer. C'est comme si une perruque noir-corbeau était posée sur son crâne. Il n'a pas changé de chemise. Courbé, sur sa chaise, il semble ailleurs. Les hurlements de sa fille, cette nuit, le hantent. Dans la cuisine de la grande maison, le soleil illumine le carrelage noir et blanc. La table en bois prend presque tout l'espace. Deviller se lève, pose son propre bol dans l'évier. Il ouvre le frigidaire, prend un yaourt nature, une cuillère dans le tiroir noir, sous le plan de travail. En débarquant à Romorantin, il y a presque cinq ans, il a immédiatement choisi cette maison. La troisième qu'il avait visitée. Il pensait encore faire venir Lisa pour ses études. Elle aussi avait besoin de quitter Aix. Car tôt ou tard, elle saurait. Elle n'a pas voulu venir. Que sait-elle aujourd'hui ? Quels ragots, quelle vérité transformée ?

« J'étais drogué… »

Deviller aimerait mais ne dit rien. Pas maintenant. Lisa est assise, le visage impassible, les yeux fixes. La porte qui mène au salon est ouverte. Il entend le bruit de fond de la télé, qu'il a allumée ce matin, pour se changer les idées.

– On y va, demande Lisa en se levant, soudain.

Deviller passe un coup de chiffon sur la table.

– Vérifie que le garage est bien fermé, à cause du chat. La voiture est dehors.

Deviller a perdu de sa superbe. Celle qu'il affiche avec les Romorantinais ou les élus du département. Son visage artificiellement bronzé s'est creusé. Il se déplace lentement dans la cuisine, range machinalement les serviettes en papier rouge qui jurent avec les bols vert foncé. Mais il s'en fout.

Il tâte dans sa poche droite.

– J'ai bien mes clefs de voiture, dit-il comme un petit vieux qui ne se rend pas compte qu'il parle seul et à haute voix.

Lisa est déjà sortie dehors, impatiente. Deviller ferme la porte de la cuisine, monte à l'étage récupérer sa veste. Dans sa chambre, le lit trop grand est défait. Il y ramène de moins en moins de femmes. Ou des cinquantenaires divorcées et tapées. Parfois il repense à cet incroyable sentiment de puissance sexuelle, cette nuit-là. Ils ont transformé un homme en animal avec cette MDPV. Ils l'ont tué. Il ne se contrôlait plus. Il en voulait, encore et encore. Son sexe, son cerveau, étaient gorgés de sang. Il ressentait chaque frottement de sa chair tendue, il entendait chacun de ses sanglots. Mais il ne pouvait pas s'arrêter.

– Papa !

Dehors, Lisa crie.

– J'arrive…

Il redescend l'escalier en glissant sa chemise dans son pantalon. S'il devait croiser des gens. Il n'en a rien à foutre de ce Franck. Il le fait pour Lisa. Le chat est sur le canapé du salon. La pièce est parfaitement rangée, un peu vide, un peu froide. Lisa ne vit que dans sa chambre et lui, à la mairie. Il se saisit de la télécommande, sur la table basse et éteint la télévision. Sur le mur blanc il n'a accroché qu'un seul tableau, une aquarelle du centre historique d'Aix-en-Provence. Sur le buffet, un vase, vide. Il hésite à fermer les stores sur la baie vitrée, pour éviter d'entendre Lisa gueuler qu'elle est pressée. Dehors, il croise le regard noir de sa fille, assise sur le siège passager de la Clio, la portière ouverte. Il tourne la clé dans la serrure de la grande porte en aluminium, vérifie que la maison est fermée et presse le pas.

– On prend la Mercedes, ce sera plus confortable et on ira plus vite…

Lisa s'extirpe sans broncher de la voiture que son père utilise tous les jours pour se rendre à la mairie. L'argument « on ira plus vite » n'est pas très crédible, mais au moins, son père a conscience qu'elle est impatiente de prendre des nouvelles du moniteur d'équitation.

– Vous avez fumé, cette nuit ? dit Deviller s'installant dans la Mercedes dans la belle berline allemande blanche.

Lisa hausse les épaules.

– Certains, oui, pas moi.

– Et ta copine Louise ?

Deviller ralentit en sortant du jardin.

– Sais pas…

– J'ai eu peur qu'elle ait une mauvaise influence sur toi. On dirait qu'elle est droguée. Quand j'ai su que…

– Tu avais promis de ne pas me faire suivre !

En colère, Lisa tourne la tête sur sa droite et regarde sans les voir les maisons de la route d'Orléans qui traverse le quartier nord et bourgeois de Romorantin.

– Je ne t'ai pas fait suivre…, ment Deviller.

– Alors comment tu savais ?

– Je suis maire… Je sais tout ce qui se passe dans ma ville.

Lisa toise son père d'un regard méprisant. Elle ne croit pas un mot de son baratin. Le 4x4 Mercedes quitte la ville, direction Tours.

Sur la route nationale vers Tours, alors que le soleil est déjà haut, ils n'échangent pas un mot. Jacky Deviller ouvre la vitre, le vent chaud pénètre dans l'habitacle. Le son de la radio est à peine audible. Du blues. Gary B.B. Coleman, The Sky is crying.

« Il n'y a pas que le ciel », pense-t-il.

Dans le car, Louise ouvre les yeux. Elle s'est assoupie une bonne demi-heure, la joue appuyée contre le coin du siège. Les yeux perdus dans les champs qui bordent la nationale, elle repense à cette nuit. Mais il y en aura d'autres, elle en a bien peur. Et le petit chauffeur municipal ne sera pas là à chaque fois.

Tours 12 km.

Le car dépasse le panneau vert, sur le bord de la route. Plus elle s'approche de Tours, plus Louise est persuadée que Deviller a passé un nouveau coup de téléphone pour la laisser entrer à l'hôpital. Elle veut lui trouver une once d'humanité. Elle a effacé l'enregistrement, sous ses yeux. Et même s'il est revenu lui faire peur au centre équestre, il a eu pitié. Croit-elle. Maintenant, elle pense à l'enfant. Elle lui racontera sa douleur. Qu'elle n'a plus de preuves du viol, elle donc c'est sûr, elle ne portera pas plainte. Elle vivra avec son mal qui la ronge. Comme Jules. Mais elle, plus longtemps. Normalement.

Tours, ville universitaire est déserte. Le car vient de dépasser le Jardin Botanique. Il n'y a qu'une dizaine de passagers. Louise est assise dans le fond, sur l'avant dernière banquette, à gauche. Comme dans le bus municipal. Dans les rues baignées de lumière, personne. Les volets sont fermés, les rideaux des commerces sont tirés, les portails des pavillons cadenassés. Pas de voitures ou presque. Dans le car, une jeune fille se lève et attrape son sac dans le rangement au-dessus des sièges.

Louise ferme les yeux. Epuisée.

– Lisa, je voulais te protéger.

Jacky Deviller se risque à briser le silence. Il se gare, serre le frein à main. Le bâtiment du CHRU est immense, presque entièrement en verre. Premier employeur de la région. Deviller émet un sifflement forcé, pour tenter de faire réagir Lisa, toujours muette.

– C'est mon rôle de père de venir te chercher dès que j'ai appris que tu étais dans ce centre équestre. Tout le monde sait que des soirées drogue y sont organisées. Tu n'as que seize ans, Lisa…

En sortant de voiture, la fille de Deviller semble hésitante. Pas à cause du discours de son père. Mais elle n'a jamais côtoyé la maladie, encore moins la mort. Et dans cet hôpital, dans quel état va-t-elle trouver Franck ?

Deviller lui saisit le bras. Elle ne se débat pas. Le maire de Romorantin tente de cacher son soulagement. Il fait déjà très chaud. A l'entrée du bâtiment, un jeune homme en blouse bleu fume une cigarette.

– Viens… dit Jacky.

La fille de Deviller essuie ses yeux humides. L'émotion. La fatigue. Elle n'oubliera jamais cette nuit-là. Le choc, quand Franck a percuté de plein fouet le pont en pierre.

Elle aurait pu être debout sur « Clovis », elle aussi. Elle était amoureuse, elle était ailleurs. Elle est restée assise sur le cheval, enivrée par la folie du moniteur. Elle avait trop fumé.

– Ne dis rien à maman…

La voix de Lisa transperce Deviller. Il pensait qu'elle ne lui adresserait pas la parole de la journée. Il la regarde, retient un sourire. L'homme qui porte beau, aux cheveux teints parfaitement peignés, gouailleur et magouilleur, qui tenait Aix d'une main de fer et séduisait voyous et femmes par son charisme n'est ce matin qu'un petit vieux, quémandant quelques mots de sa propre fille.

– Bonjour

Deviller salue l'infirmier qui tire sur sa clope à l'entrée de l'hôpital. Ne pas perdre la face. Meubler le silence à nouveau pesant.

– Je ne dis rien à maman, mais pense à ta santé, ma fille. Tu travailles bien, au lycée, tu aimes Aix, tu as des amis, non ? Tu as un bel avenir devant toi, ne gâche pas tout avec cette merde de cannabis…

Ils pénètrent dans le bâtiment, apprécient la fraicheur.

– C'est toi qui a tout gâché, dit Lisa.

Deviller hésite. A quoi fait-elle allusion ? Ses affaires qui ont mal tourné ? Sa séparation avec sa mère ? Ou a-t-elle appris sur cette nuit-là, qui revient lui péter à la gueule cinq ans après, en ce mois d'août caniculaire. Que lui a raconté Louise ?

Dans le grand hall blanc du CHRU, Louise presse le pas. Soudain, elle se fige. Un filet de glace la transperce. Pas d'échappatoire dans ce grand espace nu. Elle se crispe, tourne la tête, cherche du secours. Des soignants en blouse blanche la contournent et filent sans la voir.

Lisa l'interpelle. Elle ne pourra pas fuir. Louise se crispe.

En une fraction de seconde, elle se dit qu'elle aurait dû s'en douter ! Que Franck, après son accident, serait transporté ici et qu'elle viendrait le voir.

– Quelle conne ! murmure Louise.

Lisa s'approche. Derrière elle, à quelques mètres, Jacky Deviller. Louise ose l'affronter du regard. Finalement, elle se sent en position de force. Dans ce grand lieu vide, il semble petit, fuyant. Lisa sourit.

– Je suis venue voir Franck. Et toi ?

– Moi aussi, ment Louise.

Lisa lui prend la main. Louise est surprise mais serre la main de la blonde. Elles sont deux contre le salaud. Plus fortes. Cette rencontre fortuite, grâce à son envie soudaine de voir Jules, change le rapport de force. C'est ce qu'elle croie, Louise et elle savoure sa vengeance. Car Deviller, à l'écart, a vu le geste d'affection de sa fille envers elle. Elle se félicite intérieurement de sa présence d'esprit. Car objectivement, Franck, elle n'en a rien à foutre. Comme du reste.

– Je vous attends ici…

Deviller semble capituler. Il a joué avec le feu et perdu. Ce jour-là, place du Vieux Marché, en demandant à cette journaliste de prendre Lisa en reportage quelques jours, il ne se doutait pas de ce qu'elle lui révélerait quelques minutes plus tard. Pourquoi, aveuglé par sa puissance devant cette fille informe et peureuse, n'a-t-il pas été tout simplement lucide ?

– Finalement, je ne vous confie pas Lisa…

Il aurait évité ce qui se passe, maintenant, sous ses yeux de gros con fier et trop sûr de lui. Louise et Lisa se retrouvent, ici, ce matin. Elles se soutiennent. Il est seul. Un mot de Louise et Lisa la croira. Si ce n'est déjà fait.

Lisa ne se retourne même pas sur son père. Elle entraine Louise vers l'accueil et sort de sa torpeur un jeune type à la barbe naissante et aux yeux fatigués.

– Un homme a été emmené en urgence cette nuit après une chute de cheval. Franck Porcher. Il a des dreadlocks…

Le jeune type consulte son cahier.

– Au fond du couloir, là-bas, dit-il en tendant le bras vers la droite. Présentez-vous à l'accueil des urgences, d'abord.

Lisa marche vite, tenant toujours Louise par la main. Sol blanc, murs blancs. Louise voudrait plonger dans la chevelure blonde de cette fille de seize ans. Elle, quelques années plus tôt. Elle tente de suivre le rythme de Lisa à la poitrine naissante, aux jambes bronzées dans un short blanc.

« Lisa, tu sais, ton père… »

Louise ne dira rien. Surtout pas maintenant.

Derrière la porte battante, le service des urgences. Le long des murs sont jaunes, une rangée de sièges en fer. Des draps en boule sont posés à l'entrée d'une chambre dont la porte est ouverte. Louise frissonne. Combien de fois elle a dû emmener sa mère aux urgences d'Aix, durant les semaines qui ont suivi cette nuit-là. Malaises, fatigues, déprime, médicaments. Univers familier. Presque rassurant. Louise replonge dans sa douleur. Rassurante. Une infirmière pousse un brancard, sur lequel est allongé un vieil homme sous assistance respiratoire. Lisa ne trouve pas à qui s'adresser alors qu'il y a du monde partout. L'atmosphère est lourde.

– Excusez-moi…

A l'accueil, une femme entre deux âges, les cheveux tirés, lui sourit. Louise reste en retrait. Franck, elle ignorait son existence jusqu'à hier soir et ne se souvenait même plus de son prénom avant que Lisa en parle, il y a quelques minutes. Elle ne peut pas.

– Vas-y seule…

Elle recule contre le mur et voit Lisa s'enfoncer dans le

grand couloir, la démarche hésitante, les yeux à la recherche des numéros de chambre. Soudain Lisa s'arrête. Elle porte ses mains jointes à sa bouche. L'adolescente laisse échapper un cri. Derrière la vitre de la chambre, deux médecins s'agitent sur le corps de Franck. Visiblement, l'un d'eux pratique un massage cardiaque. Une infirmière tient à bout de bras une sonde. Lisa pleure.

Chapitre 25

Ce matin, je n'ai pas vu d'article de Louise, dans l'édition du jour de la Nouvelle-République. Pas grand-chose à lire d'ailleurs. Quelques informations sans intérêt sur les commerçants et la canicule. Et un petit article en bas de page sur un moniteur d'équitation qui est décédé après trois jours de coma. Je le connaissais un peu. Il était un peu fou, de mémoire. Il se serait violemment encastré dans un pont de pierre en galopant, de nuit, sur un cheval du centre équestre.

– Alors Jojo, tu en penses quoi, de tout ça ?

Au dépôt, Jojo mordille une allumette, assis sur un vieux tabouret en bois. Même lui s'emmerde. Il lève le pouce. Je me demande s'il est heureux. Il doit juste se satisfaire d'être simplement vivant. Je ne comprends pas pourquoi, mais je pense à ce moniteur d'équitation. Pourquoi galopait-il la nuit sur un cheval ? Je me dis que je ne peux pas comprendre, je ne suis pas un peu fou, moi. C'est dommage, d'ailleurs. Quoique… Il faut être un peu fou pour entrer dans la mairie de nuit et déposer une clé USB sur le bureau de Deviller. Louise a compris, cette nuit. Elle ne m'en a pas voulu. Elle m'a même dit qu'elle laissait tomber.

– J'ai fait tout ça pour rien, Jojo…

Le mécano lève le pouce.

Dans ma main droite, mon portefeuille et mon paquet de clopes. Je me demande si je n'ai pas fait une connerie.

– Je ne peux pas regretter, Jojo. Le combat était inégal entre le maire et elle. Au moins, la peur a changé de camp.

Il ne m'écoute pas. Je me dis que je dois m'attendre à ce qu'un jour Louise quitte la ville et n'y revienne plus. Aurais-je eu le cran de l'aider si elle avait choisi d'aller jusqu'au bout plutôt que d'abandonner ? Je ne suis pas un héros. Je suis chauffeur de bus à Romorantin. C'est déjà bien, ce que j'ai fait.

Lisa plie délicatement ses robes d'été en tissu léger. Les pose dans la valise. Elle part, c'est décidé. Pourquoi son père est-il venu au centre équestre, cette nuit-là, alors qu'il avait juré ? Pour affirmer sa petite autorité ? Franck est mort. Les vacances à Romorantin sont terminées. La lumière blanche du soleil tente de trouer les volets fermés. Lisa s'assoit sur le lit pour reprendre ses esprits. Ses yeux se ferment. Elle n'a pas beaucoup dormi. Ou alors, pour faire des cauchemars. Et elle n'en peut plus, Lisa, des cauchemars.

« Lili, petite fille pleine de vie et d'imagination… »

Elle pense aux mots de sa mère, quand elle était enfant. Pour tenter de la rassurer, le matin. Après un cauchemar. Qu'est-ce qu'elle a rêvé, petite ! Des rêves, des cauchemars, des réveils en sursaut. Presque toutes les nuits. Qui ont perturbé sa santé, sa scolarité. Ses parents l'ont plusieurs fois emmenée chez des spécialistes du sommeil. A Aix, à Marseille. Des relations de son père. Il était maire, il connaissait les meilleurs docteurs. Mais pas grand-chose à faire. « Rêves compulsifs », disaient-ils. « On ne sait pas trop comment les soigner… »

Lisa tente de chasser ces pensées. De ne pas oublier ses affaires de toilette, dans la salle de bain. La valise est presque pleine. Mais avec la fatigue, se souvenirs reviennent. Plus forts que sa volonté.

« Lili, petite fille pleine de vie… » lui chuchotait sa maman pour l'apaiser. « Ce n'est pas grave, que tu rêves, mon bébé…C'est parce que tu es une petite fille intelligente. Ton cerveau se souvient de tout ce que tu as fait ces derniers jours et il le transforme en histoires. »

Elle l'avait surnommé « Lisa, la petite fille qui rêve… ».

Son père, lui aussi, la serrait fort dans ses bras avant

d'aller à son travail. Elle était rassurée parce que son papa était maire d'Aix-en-Provence, le chef de la ville.

« Lili, la petite fille qui rêve. »

Puis tout s'est écroulé. Une nuit, en plein mois d'août, il y a cinq ans. Après un cauchemar, encore un. Il y avait des monstres et des grosses araignées. Elle s'est réveillée, elle a eu peur et a traversé le couloir entre sa chambre et celle de ses parents. Il paraissait moins long, elle avait quand même onze ans, c'était une grande. Au milieu, l'escalier qui descend au salon. En bas, il y avait de la lumière. Des chuchotements. Ses parents ne dormaient pas ; qui allait la protéger des monstres et des araignées s'ils parlaient en bas. Furieuse, elle s'est assise en haut des marches. Pourquoi cette nuit-là, au lieu de se lever, ne s'est-elle pas, comme si souvent, retournée dans son lit pour tenter de se rendormir ?

Au bout de quelques minutes, comme ils ne montaient pas se coucher, elle s'est levée et s'est penchée au-dessus de la rampe. Dans le salon, sa mère, prostrée dans le canapé. Son père, debout, la tête dans les mains. Elle entendait très bien la conversation.

« Je l'ai violée ! Tu m'entends ? Je l'ai violée ! Je n'étais pas dans mon état normal ! Ils m'ont drogué… Ne dit rien, je t'en prie, c'est notre secret… »

Son père s'est agenouillé devant sa mère qui sanglotait. Il lui a pris la main.

« Jacky, ce n'est pas possible… C'est qui ces types ? »

Puis sa mère s'est levée, a agrippé son père par le col. Lisa se souvient son mouvement de recul, en haut des escaliers.

« Tout ça, c'est de ta faute ! Tes affaires, ces voyous ! Cette fille, elle te poursuivra toute ta vie ! »

Sa mère pleurait. Son père, K.O, ne disait rien.

« Va-t'en Jacky… Va-t'en, s'il te plaît ! »

Elle lui frappait le torse.

« Tu reviendras dire au revoir à Lisa dans quelques jours... »

Lisa se souvient qu'elle est retournée sur la pointe des pieds à sa chambre, en larmes. Consciente qu'il venait de se passer, cette nuit-là, quelque chose de grave. Violer. Elle connaissait un peu ce mot. Sa signification. Un mot méchant. Son père avait violé.

Lisa ferme sa valise. Tous ces souvenirs la bouleversent. Ajoutés à la fatigue de ne pas dormir depuis l'accident puis le décès de Franck. Elle ne jette même pas un dernier coup d'œil à sa chambre. Elle a enfilé un pantalon de toile, un tee-shirt ample pour être à l'aise dans le train, tout à l'heure.

– On y va ? demande Deviller.

– Oui, répond Lisa en sortant de la maison, éblouie par le soleil.

Elle traverse le jardin, portant sa valise à bout de bras et refusant, agacée, l'aide de son père. Elle hésite un instant puis s'approche de la Mercedes blanche.

Deviller sent que sa fille lui a vraiment échappé. Il aura échoué, même dans son rôle de père. Il tente de ne rien montrer sur son visage vieilli, d'un coup. Lisa semble très affectée par la mort du moniteur d'équitation aux dreadlocks. Au moins, il a obtenu que ce soit lui qui l'accompagne à la gare, à Orléans, pour prendre un train vers Marseille à 12h08.

– Tu veux vraiment partir ?

Lisa ne répond pas. Deviller s'en veut de poser une question aussi stupide. Il a perdu sa fille, années après années. La route est interminable. Il fixe le bitume que sa berline avale dans un confort absolu. Mais il n'en profite pas.

– Tu as quand même passé un bon moment, à Romo ? Le vélo, les journées avec cette journaliste...

Deviller guette une réaction de sa fille. Elle semble ailleurs. Avec ses écouteurs sur les oreilles et son portable sur ses genoux, elle ne doit même pas entendre. Deviller élève la voix.

– Tu sais, j'ai appelé mon ami qui dirige la Nouvelle République. Je lui ai demandé de garder cette fille après l'été et lui proposer un contrat, dans une autre agence… Il n'y a pas de place à Romorantin, mais peut-être à Tours, Blois ou Vierzon. Il m'a promis qu'il ferait le maximum…

Lisa ne réagit pas. Deviller repense à la scène, la veille, à l'hôpital. Louise est venue soutenir Lisa dans l'épreuve. Il a compris qu'il avait perdu la bataille quand elles se sont prises par la main. Amies. Et maintenant il doute à s'en ronger les sangs. Louise a-t-elle tout raconté à Lisa ? Elle doit savourer sa victoire.

« Moi, Jacky Deviller, j'ai laissé un champ de ruines derrière moi… »

Deviller conduit machinalement, les yeux dans le vague. Il vient de murmurer à voix basse en espérant secrètement que Lisa l'ait entendue. Mais elle regarde le paysage par la vitre, le casque sur les oreilles. Il voudrait lui dire qu'il a foutu en l'air sa vie de famille et sa vie d'homme digne en violant cette Louise. Qu'il s'excuse. Mais à quoi bon. La ville d'Orléans, abrutie de chaleur, est figée dans la lumière blanche. Deviller roule sans voir les immeubles aux fenêtres fermées, les trottoirs vides. Il se dit qu'il va verser un an de loyer et de soins d'un coup, sur le compte de Florence, la mère de Louise tombée dans la dépression, la folie et la dépendance. C'est décidé. Tranquille jusqu'à l'été prochain. Demain, il rappellera le patron de l'agence HSBC, le chauve huileux au costume marron. Il trouvera l'argent.

Un coup de klaxon le fait sursauter. Le feu est vert. Lisa n'a même pas levé la tête. Le gros 4x4 Mercedes bifurque vers la gare. Lisa s'apprête déjà à ouvrir la portière. Deviller retient son souffle. Il n'est même pas certain de revoir sa fille un jour. Comme un vertige. Il a réussi en affaires mais l'essentiel était ailleurs.

– Tu embrasses ton père ?

Lisa lance à Deviller un regard froid. Elle sort de la Mercedes, descend en rangeant ses écouteurs dans sa poche. Elle ouvre le coffre sans même attendre que son père ne le fasse. Elle se saisit de sa valise et se dirige vers la gare. Sans se retourner. Parce qu'elle a tout compris pendant ces deux jours de reportages dans le département avec cette fille venue de nulle part, les cheveux ras et la tristesse au fond des yeux. Pourquoi son père posait tant de questions sur cette Louise ? Pourquoi ont-ils eu un aparté tendu au club de tennis, il y a quelques jours ? Louise n'a rien dit mais c'est comme si elle criait sa douleur. Lisa a tout compris parce que depuis cinq ans, elle n'a jamais oublié cette phrase de sa mère à son père, dans le salon, cette nuit-là, alors qu'elle était cachée en haut de l'escalier.

« Cette fille, elle te poursuivra toute ta vie… »

Lisa contourne la file de taxis avant d'entrer dans la gare. Elle entend parfaitement, dans le silence de cette journée de canicule où la ville vide semble figée, la voix de son père.

– Tu reviens à la Toussaint ?

Lisa est déjà loin mais Deviller a presque crié. Même s'il connaît la réponse.

« Je ne veux plus te voir »

Ces mots, Lisa ne les prononce même pas. Mais elle en est convaincue. Elle ne reverra plus son père. Il n'y pas encore grand monde à l'intérieur de la gare. Elle sent la fraicheur de la climatisation. Le train pour Marseille part dans vingt-cinq minutes. Elle s'en fout d'être en avance, au contraire.

Deviller remonte dans sa Mercedes. Il distingue encore la

silhouette de sa fille dans le hall désert de la gare. Cette fois, il ne retient pas ses larmes. Il se penche, ouvre la boîte à gants. Le père Bernal et ses fils ne pensaient certainement pas, en lui offrant ce petit cadeau entouré d'un ruban rouge dans la boite à gants du 4x4, qu'il s'en servirait aussi vite. Et de cette manière.

Sur le parking, quasi désert, écrasé de chaleur, personne n'entend le bruit sourd de la détonation à l'intérieur de l'habitacle de la Mercedes. Dans le hall de la gare, Lisa aperçoit un banc en bois, près du tabac. Elle s'assoit, saisit son portable, parcours les contacts. Louise. Elle tape à toute vitesse avec ses deux pouces.

« Reste au journal. Tu auras une proposition. Je reviens pour les vacances de la Toussaint. On habitera ensemble. Lisa. »

Machinalement, elle regarde par les fenêtres de la gare. La Mercedes est toujours garée sur le parking. Lisa se lève et se dirige vers le quai.

IMPRIMÉ EN FRANCE
DÉPÔT LÉGAL : JUIN 2021